KB114733

재능 넘치는
게이머

재능 넘치는 게이머 1

덕우 장편소설

초판 1쇄 찍은 날 § 2018년 9월 18일
초판 1쇄 펴낸 날 § 2018년 9월 25일

지은이 § 덕우
펴낸이 § 서경석

총괄팀장 § 최하나
편집책임 § 김슬기
편집 § 김경민, 김대용

펴낸곳 § 도서출판 청어람
등록번호 § 제387-1999-000006호
등록일자 § 1999. 5. 31
어람번호 § 제1-2955호

주소 § 경기도 부천시 부일로 483번길 40 서경B/D 3F (우) 14640
전화 § 032-656-4452 팩스 § 032-656-4453
http://www.chungeoram.com
E-mail § chungeorambook@daum.net

ⓒ 덕우, 2018

ISBN 979-11-04-91829-2 04810
ISBN 979-11-04-91828-5 (세트)

※ 파본은 구입하신 서점에서 교환하여 드립니다.
※ 저자와 협의하여 인시를 붙이시 않습니다.
※ 이 책은 도서출판 청어람과 저작자의 계약에 의해 출판된 것이므로,
　무단 전재 및 유포·공유를 금합니다.

Contents

프롤로그

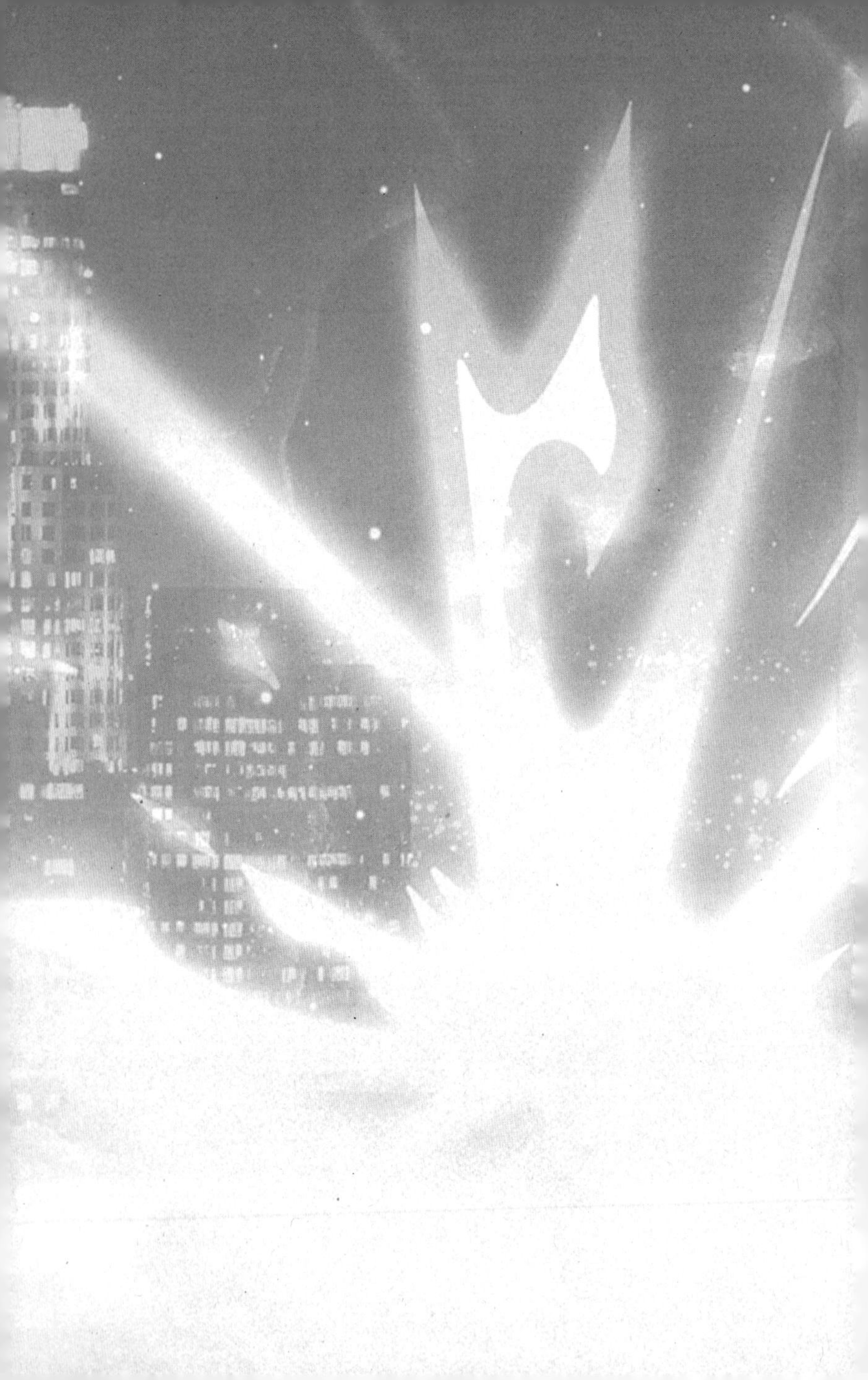

꽉 막힌 천장 위에서 아래로 내리쬐는 스포트라이트.

다수의 관객들이 숨을 죽이고 대형 모니터 화면에 시선을 집중시켰다.

이곳에서 펼쳐지고 있는 대전 액션 게임, 트라이얼 파이트 7 세계 대회 결승전을 실시간으로 바라보며 각국에서 소집된 캐스터, 해설자들이 피를 토하듯 외쳤다.

"아아!!! 대한민국의 강민허 선수!! 세계 대회 우승을 목전에 두고 있습니다!!!"

"마지막, 마지막 라운드만 따내면 이깁니다!!"

"믿을 수가 없네요! 트라이얼 파이트 시리즈에서 지금까지 단 한 번도 우승자를 배출하지 못했던 대한민국 아닙니까!! 그런데 고작해야 프로게이머 생활 반년밖에 되지 않은 신인 프로게이머, 강민허 선수가 지금 세계 챔피언인 브라이언을 상대로 압도적인 경기력을 선보이고 있습니다!"

"완벽합니다, 완벽해요!! 지금까지 단 한 라운드도 내주지 않았습니다!"

특히나 대한민국에서 파견된 중계진들의 목에는 이미 핏줄이 날카롭게 설 정도로 열광의 도가니 상태였다.

중계진들이 말한 그대로 강민허는 고작해야 프로게이머 생활, 반년밖에 되지 않은 신인 중에서도 신인이었다.

격투 게임 중에서도 가장 높은 인지도를 자랑하고 있는 트라이얼 파이트 7의 프로게이머가 된 지 반년.

그는 지금… 세계 대회 우승을 바로 눈앞에 두고 있었다.

―Ready? Fight!

마지막 라운드가 될지도 모르는 경기가 시작되었다.

지금까지 3년 동안 종합 성적 1위로 세계 챔피언 자리를 굳건하게 지키고 있던 미국의 브라이언. 그가 이를 악물었다.

'말도 안 돼… 내가 고작 이런 꼬맹이 녀석한테……!'

지금까지 단 한 라운드도 따낼 수 없었다.

너무나도 압도적이었다. 넘을 수 없는 4차원의 벽이라는 단어는 이럴 때 사용하는 것일까.

'어쩔 수 없지!'

조이스틱을 잡은 브라이언의 손이 빠르게 움직였다.

그 순간, 그가 조종하는 캐릭터의 움직임이 빨라졌다!

"아, 저것은!!"

"드디어 나왔군요, 도발 태클!!"

브라이언을 세계 챔피언의 자리에 3년 동안 앉게 해준 효자 기술 중 하나였다.

프레임 단위 하나하나까지 상세하게 모션을 읽지 않으면, 브라이언이 도발 태클을 시전했는지조차 알아채지 못할 것이다.

멍하니 있는 순간, 그대로 다운 판정을 받을지도 몰랐다.

그 즉시 브라이언의 시간으로 이어진다. 도발 태클 앞에 수많은 도전자들이 결승의 무대에서 무릎을 꿇었다.

그러나.

어디까지나 그건 강민허를 제외한 자들에게나 적용되는 이야기일 뿐이었다.

"……"

무덤덤한 표정으로 하단 방어를 시전하는 강민허.

분명 브라이언이 조종하는 캐릭터, 레릴의 모션 자체는 중단 공격이었다.

하나 일순간, 강민허는 그의 공격이 평범한 중단 공격이 아 닌 '도발 태클'임을 깨닫고 중단이 아닌 하단 방어를 택했다.

대범하면서도 자신의 판단에 확신이 찬 플레이었다.

퍼억!!

강민허의 예상대로 도발 태클 공격이 들어왔다.

당연한 말이지만, 브라이언의 회심의 일격은 통하지 않았 다.

"강민허 선수!!! 도발 태클임을 눈치챘습니다!!"

"정상급 선수들조차도 알아차리기 쉽지 않은 브라이언의 도발 태클을 막아냈습니다!"

"마지막 일격을 가하기 위해 일부러 지금까지 아끼고 아꼈 던 도발 태클 아닙니까!! 그런데 강민허 선수, 아주 당연하다 는 듯이 막아냈습니다!"

도발 태클이 통하지 않은 순간, 브라이언의 눈빛이 크게 흔 들렸다.

일순간 생성된 빈틈.

그 빈틈이…….

강민허에게 승리라는 과실을 가져다줬다.

그가 컨트롤하는 캐릭터, 라울의 오른발이 정확하게 레릴의 안면을 강타했다.

―Counter!

게임 시스템이 카운터 판정을 내렸다.

그 때문에 평타보다 더 많은 대미지가 브라이언의 레릴에게 가해졌다. 깎여가기 시작하는 HP바.

레릴의 HP가 거의 눈금 수준밖에 남지 않은 상황에서, 강민허의 손놀림이 바빠졌다.

아래, 앞. 그리고 A버튼.

라울 캐릭터의 오른손이 빠르게 앞으로 뻗어나갔다.

라이트닝 펀치!

말 그대로 빛과 같은 빠른 공격이 최후의 일격이 되었다.

―K. O!!

―Player 1, Win!!

레릴의 HP바가 급속도로 하락하는 순간, 게임 보이스가 강민허와 라울의 승리를 선언했다.

그와 동시에 관객들의 함성이 터져 나왔다.

대한민국 격투 게이머 최초로 우승자가 탄생하는 순간이었다.

　　　　　　　*　　　　　　*　　　　　　*

　우승 트로피를 거머쥐고 터벅터벅 무대를 내려오는 강민허.

　그가 속해 있는 프로 팀 감독과 코치, 그리고 동료들로부터 축하 세례를 받은 뒤에 기자들의 인터뷰가 강민허를 기다리고 있었다.

　"이거 참……. 생각보다 많은 사람들이 오셨네요. 플래시 때문에 눈이 안 보일 정도로요."

　자리에 앉자마자 민허가 농담조 가득한 첫마디를 건넸다.

　그의 가벼운 농담에 기자들이 너털웃음을 터뜨렸다.

　그는 한국의 자랑이자 이제는 세계의 자랑이 되었다.

　"우선 우승한 소감 한마디 해주세요."

　한국 기자 중 한 명이 그에게 소감을 물었다.

　그러자 민허가 머리를 긁적이며 대답했다.

　"그냥, 그저 그렇네요. 애초에 우승이 당연하다고 생각해서 별로 감흥도 없고요."

　"오……!"

　"역시, 프라이드 강……."

　강한 자신감으로 똘똘 뭉쳐 있는 강민허의 태도는 늘 당당했다.

그래서 붙여진 별명이 바로 '프라이드(Pride) 강'이었다.

"상대였던 전(前) 세계 챔피언, 브라이언은 어땠나요?"

"그냥 너무 약했습니다. 동영상으로 봤을 때에는 그래도 나름 호적수가 되지 않을까 싶었는데, 아쉬운 점이 너무 많더군요."

"브라이언조차 적수가 되지 못했다. 이 말씀이신가요?"

"네."

그의 언행은 당찼다.

예의범절을 차리고 자시고도 없었다.

그래도 그의 행동은 나름 납득이 되었다.

왜냐하면 그는 이런 거만한 태도를 가져도 크게 상관이 없을 정도로 확실한 실력을 지니고 있었으니까.

이제는 세계 챔피언이 된 강민허. 앞으로의 포부가 궁금했다.

"정상에 올라서게 되었는데, 향후 일정에 대해서 말씀해 주세요."

"아, 마침 잘됐네요. 말씀드리려고 했었는데 좀처럼 타이밍이 안 나와서 난감했던 찰나였습니다."

뭔가 할 말이라도 있는 모양인지 강민허가 기뻐하는 기색을 선보였다.

미래의 강민허의 행보는 어떠할까.

기자들이 귀를 쫑긋 세우고 있는 와중에.

놀라운 발언이 튀어나왔다.

"저, 강민허는 오늘부로 트라이얼 파이트 7 프로게이머에서 은퇴하겠습니다."

"······?"

"···네?"

순간 벙 찐 표정을 짓는 기자들.

그사이, 강민허가 아직 못다 한 이야기를 풀어냈다.

"트라이얼 파이트 7에서 다른 게임의 프로게이머로 이직을 할까 합니다."

"그, 그 게임이··· 뭡니까?"

정신을 차린 기자 중 한 명이 얼떨떨한 얼굴로 물었다.

이후, 강민허의 한쪽 입꼬리가 슬쩍 올라갔다.

"로인 이스 온라인이요. 전 그 게임에서 다시 한번 세계 최고의 자리에 올라서겠습니다."

격투 게임의 정점에 올라선 지 채 1시간도 지나지 않은 상황에서, 강민허는 스스로 바닥으로 향하는 길을 선택하게 되었다.

제1장
바닥부터 다시 시작하다

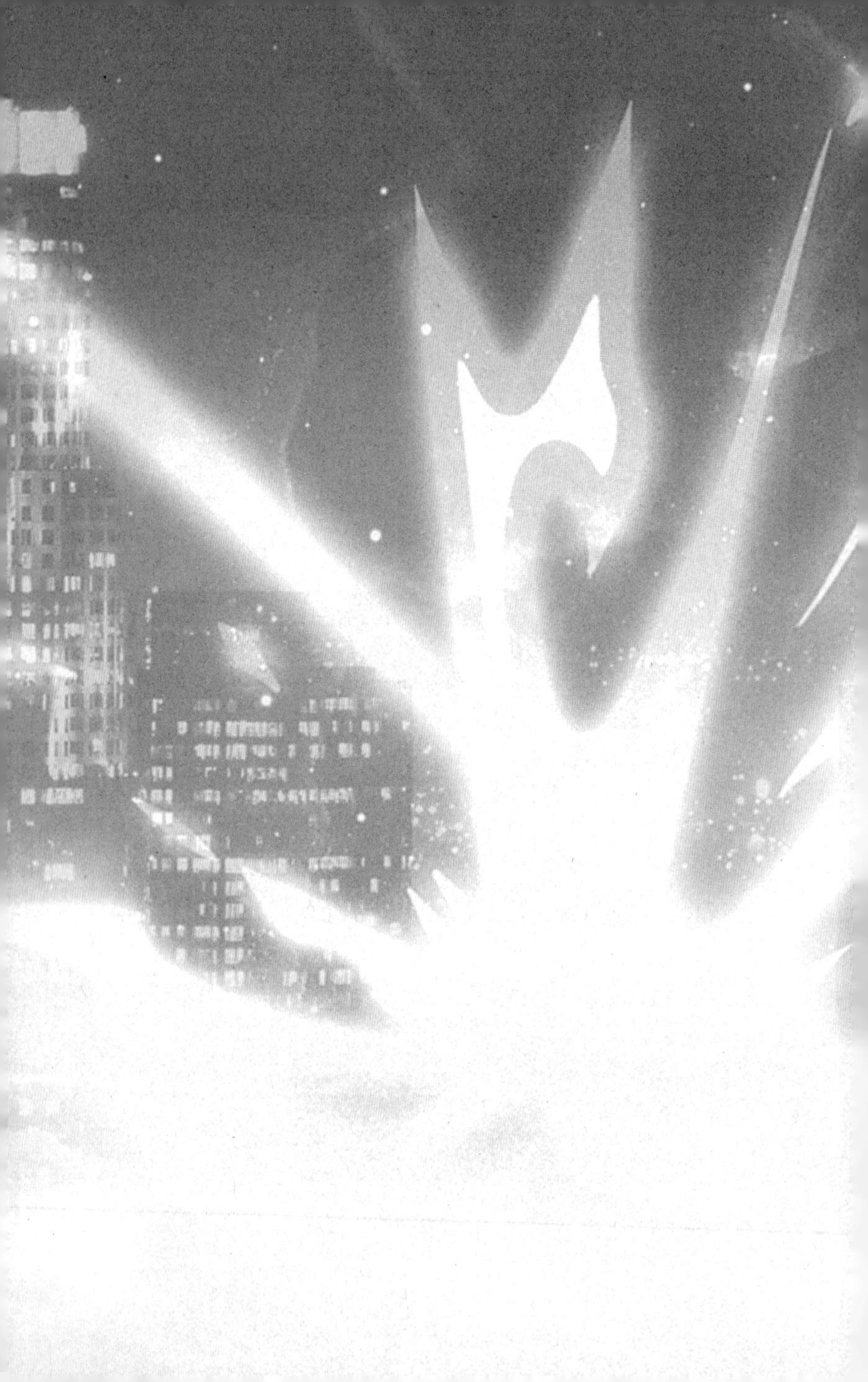

한참 단잠에 빠져 있던 강민허의 눈을 뜨게 만든 건 바로
스마트폰에 설정되어 있는 알람음이었다.

　　세상에서 단 하나뿐인 너를 사랑해~♪ 네 눈물 닦아
주……

"…젠장. 아침부터 무슨 사랑 타령이냐"
거칠게 스마트폰을 집어 들고서 곧장 알람을 꺼버렸다.
다시 곧장 침대 위에 누워 잠을 취하는 강민허.

그때, 다시 한번 벨소리가 울렸다.

"뭐야. 방금 분명 껐는데 왜 또 울려."

자신의 스마트폰에게 강한 불만을 품으며 강제로 눈을 떴다. 알람을 끄고 다시금 잠을 청하려고 할 무렵.

─여보세요? 민허냐?

"…감독님?"

민허가 소속되어 있는 프로 팀의 감독, 이성현이 건 전화였다.

그러나 그건 과거의 이야기일 뿐. 트라이얼 파이트 7 프로게이머에서 은퇴를 선언한 민허였기 때문에 더 이상 이성현은 그의 감독이 아니었다.

물론 강민허 역시 그의 선수가 아니었다.

그럼에도 불구하고 이성현은 이렇게 계속해서 전화를 해왔다. 그럴 수밖에 없었다. 세계 최고의 격투 게임 실력을 지닌 강민허 아니겠는가. 그를 이대로 놓치기에는 많은 미련이 남는 게 당연했다.

"무슨 일로 전화하셨어요."

─그야 다시 한번 더 생각해 보라고 연락했지. 뻔하잖냐.

"은퇴에 대해서요?"

─그래.

예상대로였다.

어제도 그렇고, 엊그제도 그렇고. 은퇴 선언을 하고 팀을 나온 이후에도 이성현 감독의 연락은 끊이질 않았다.

"저번에도 말씀드렸지만, 트라이얼 파이트는 안 할 겁니다."

—이유가 뭐냐? 대회 규모도 격투 게임 중에서 가장 크고, 팬덤도 넓지 않냐. 우승 상금도 적지 않고, 스폰서 측에서도 너에 대한 대우를 섭섭하게 하지 않았을 텐데…….

"로인 이스 온라인이 더 인기 많으니까요."

—그건…….

감독 입장에선 분할지도 모르지만, 부정할 수 없는 사실이었다.

전 세계를 대상으로 장르를 불문하고 게임 점유율을 조사해 보면, 로인 이스 온라인이 장장 91.45%라는 압도적인 인지도를 차지하고 있었다.

트라이얼 파이트도 나름 잘 알려진 게임이긴 했지만, 요즘 대세라고 한다면 바로 로인 이스 온라인이었다.

장르는 MMORPG. 자신만의 아이템을 수집해서 팀원들과 협동을 해 레이드와 던전을 공략할 수 있고, PK 역시 즐길 수 있는 다양한 콘텐츠를 지닌 게임이었다.

특히나 PK 모드는 수십 개의 대회가 전 세계에서 다발적으로 열릴 만큼 인기가 좋았다.

—물론 로인 이스 온라인이 인지도가 더 좋긴 하지만… 프

로게이머라 하더라도 모든 게임을 다 잘하는 건 아니잖냐. 너는 특히나 격투 게임 체질인데, 네가 MMORPG 같은 게임에 어떻게 적응하겠다는 거냐.

"결국 그것도 격투 게임이잖아요. PK라고 해서 대전도 즐길 수 있던데요?"

─하지만 PK와 대전 액션 게임은…….

"그리고 전, 제 머리 위에 누군가가 더 있다는 사실을 끔찍이도 싫어하거든요."

─…….

그랬다.

강민허, 그는 그 어떠한 게이머보다도… 아니, 어쩌면 전 인류를 통틀어도 넘볼 수 없는 강한 승부욕의 소유자이기도 했다.

그가 제아무리 트라이얼 파이트에서 날고 긴다 하더라도, 사람들은 로인 이스 온라인 이야기밖에 하지 않았다.

강민허는 그게 너무 꼴 보기 싫었다.

적어도 프로게이머로선 자신이 최고이고 싶었다.

설령 그게 타 장르라 하더라도 말이다.

그가 최고로 거듭날 수 있는 방법이 하나 있었다.

바로 해당 게임으로 넘어가 그곳에서 최고가 되면 될 일이었다.

물론 말이야 쉬웠다. 이성현 감독의 말대로 프로게이머라 하더라도 모든 게임을 전부 다 수준급 이상으로 잘하는 건 아니었다.

격투 게임에 특화된 게이머가 있는 반면, FPS에 특화된 게이머가 있게 마련이었다.

운동선수도 마찬가지 아닌가.

수영 선수가 100미터 육상경기에서도 뛰어난 성적을 보여 준다는 보장은 없었다.

물론 불가능한 이야기는 아니다. 노력하면 그래도 어느 정도 수준까지는 올라설 수 있을 터.

하지만 모든 프로게이머들에게 통용되는 이야기는 아니다.

그렇기 때문에 이성현 감독은 어떻게 해서든 강민허를 다시 데려오기 위한 노력을 기울이고 있었다.

하지만 그 노력이 강민허에게는 민폐 그 자체였다.

"아무튼, 이만 끊습니다."

ㅡ자, 잠깐만! 민허야!

뚝.

미련없이 통화를 끊어버렸다.

어차피 더 이상 트라이얼 파이트 7에는 미련이 남아 있지 않았다.

그보다 중요한 게 따로 있었으니까.

"……."

강민허의 시선이 벽으로 향했다.

그가 사용하는 데스크톱 바로 위에 붙여져 있는 종이 하나.

인터넷 기사 하나를 출력해 붙여놓은 것이었다.

〈…프로게이머 도백필. 로인 이스 온라인의 최강자가 진정한 프로게이머의 정점. 다른 게임은 듣보잡이니 필요 없다〉

"건방진 녀석."

로인 이스 온라인의 프로게이머로 활약하고 있는 남자, 도백필.

세계 랭킹 1위를 달리고 있는 그가 최근에 내뱉은 발언 중하나였다.

이 인터뷰 기사를 본 순간, 강민허는 지금까지 느껴보지 못했던 충격을 받았다.

아니, 정확하게 말하자면 분노였다.

그는 누군가가 자신의 머리 위에 있는 걸 굉장히 싫어했다.

백날 트라이얼 파이트에서 날고 긴다 하더라도 사람들은 로인 이스 온라인을 더 높게 쳐줬다.

때문에 강민허는 과감한 결단을 내리게 되었다.

"그래. 로인 이스 온라인으로 왔으니까 어디 한번 누가 최고인지 보자고."

대문짝만 하게 붙어 있는 기사 문구가 오늘도 강민허의 배알을 꼴리게 만들었다.

$$* \qquad * \qquad *$$

인터넷에는 한동안 난리도 아니었다.

〈세계를 정복한 격투 게이머, 강민허! 돌연 은퇴!〉
〈무엇이 그의 마음을 움직였는가?〉
〈정상에서 바닥으로!〉

"가관이군, 가관이야."

민허가 편의점에서 사온 삼각김밥 하나를 입에 물며 인터넷 기사들을 바라봤다.

하기야 기자들뿐만 아니라 게임 팬, 그리고 관계자들까지, 민허의 갑작스러운 은퇴 선언에 얼마나 황당할까.

이해는 되지만, 그렇다고 민허는 그들의 마음까지 헤아려 줄 아량은 없었다.

로인 이스 온라인, 그곳의 정점에 올라서고 싶다.

그런 마음이 강민허를 움직이게 만들었고, 돌연 은퇴라는 결과물을 낳았다.

그래도 후회하진 않았다.

이미 트라이얼 파이트 7에선 적수가 없었으니까.

그리고 로인 이스 온라인이라는 게임이 생각보다 재미있었다.

물론 MMORPG라는 점이 마음에 걸리긴 했다.

게임 대회의 경우에는 주로 PK 모드를 활용한 대전 형태의 대회가 많이 열리곤 했다. 하지만 이건 일반 격투 게임과는 달랐다.

MMORPG이기 때문에 게임 캐릭터의 레벨, 그리고 아이템에 따라 능력치가 달라진다.

한마디로 캐릭터 레벨이 높을수록, 그리고 아이템이 좋을수록 그만큼 승률이 올라간다는 뜻이었다.

현재 활동하고 있는 로인 이스 온라인 프로게이머들은 대다수 만렙이라 할 수 있는 70레벨이었다. 물론 보유하고 있는 아이템 역시 죄다 최대 등급인 레전더리. 굳이 언급할 필요도 없었다.

돈과 시간을 처바른 캐릭터들을 보유하고 있는 프로게이머들이 즐비하고 있는데, 이제 막 로인 이스 온라인에 입문한 강민허가 어떻게 프로게이머들과 동급 수준의 캐릭터를 양성하겠는가.

게다가 레전더리의 경우에는 교환과 거래가 불가인 템이었기 때문에 원하는 레전더리 템을 먹을 때까지 계속 몬스터를 사냥할 수밖에 없었다.

차라리 돈으로 살 수 있는 템이었다면 트라이얼 파이트 7 세계 대회 우승 당시 받았던 상금으로 전부 사들였을 것이다.

그러나 그것도 불가능한 상황.

하지만 강민허는 인내심이 그리 많지 않은 사내였다.

"흐음……."

데스크톱 앞에 마주 앉은 채 자신의 캐릭터 스탯을 응시하는 강민허.

PK 연습 모드를 켜놓은 뒤, 아침부터 오후 6시까지 주야장천 캐릭터 스탯 배분에만 신경을 쓰고 있었다.

내일 있을 PC방 대회에 나가기 위한 세팅을 하고 있는 상태였다.

이미 예선을 뚫긴 했지만, 그래도 아직까지 템, 스탯 세팅에 불만이 있는 모양인지 하루하루 이런 식으로 시간을 보냈다.

닉네임은 그가 트라이얼 파이트 7에서 주캐로 사용했던 캐릭터의 이름을 본따 만든 라울.

템도 상당히 허술했다.

그럼에도 불구하고 강민허는 만족스러운 표정으로 고개를 끄덕였다.

"좋아. 부족한 면이 좀 보이긴 하지만, 이 스탯 정도면 딱 '라울'에 근접하겠어."

그는 많은 스탯을 필요로 하지 않았다.

아니, 스탯을 오히려 많이 분배해도 문제였다.

정확하게 그에게 세팅되어 있는 캐릭터는 딱 라울이었다.

트라이얼 파이트 7의 '라울'과 거의 근접한 움직임을 구사할 수 있을 정도의 스탯이면 충분했다.

이 캐릭터로 내일, 근처에 열리는 PC방 대회에서 먼저 우승을 차지한다.

PC방 대회를 시작으로 하나하나씩 대회를 정복하면서 커리어를 쌓다 보면, 언젠가는 프로 게임단에도 입단할 수 있을 터.

그때부터 본격적인 시작이 될 것이다.

"그럼 내일을 위해 슬슬 자볼까."

접속 종료를 누르고 다시 침대로 향했다.

이때 당시, 그의 캐릭터 라울의 레벨은……

고작해야 5레벨이었다.

*   *   *

서울 강남역에 위치한 거대 PC방.

'오버파워'라는 상호명으로 전국구에 다수의 분점을 보유하고 있는 곳이다.

강남역에 있는 오버파워는 본점이었기 때문에 그 규모 역시 상당했다.

오늘, 이곳 오버파워에서 로인 이스 온라인 대회가 열릴 예정이었다.

개발사인 인페르노의 후원과 오버파워의 개최로 열리게 된 대회. PC방 규모의 대회이긴 했지만, 꽤나 짭짤한 우승 상금 덕분에 아마추어뿐만 아니라 준프로게이머들도 탐을 내는 대회였다.

참가 자격은 로인 이스 온라인을 좋아하는 게이머라면 누구든지!

그 때문에 이제 막 로인 이스 온라인을 접하게 된 강민허라 하더라도 신청을 하는 것 자체엔 큰 어려움이 없었다.

"읏차."

강남역 전철역 계단을 오른 강민허가 가볍게 몸을 풀었다.

5분 정도 거리에 위치한 오버파워 본점 앞에 당도했을 무렵, 무수한 사람들의 인파가 그를 반겼다.

"거참. 많기도 하다."

오늘 시합을 치르는 사람들만 하더라도 근 500여 명에 가깝다고 들었다.

하나같이 전부 다 온라인 예선을 뚫고 올라온, 숨은 은둔 고수들이었다.

물론 강민허 역시 그 은둔 고수들 중 한 명이다.

꿀릴 이유는 전혀 없었다.

'확실히 게임이 인기가 있다 보니 PC방 대회라 하더라도 지원자는 수두룩하게 많구만. 트라이얼 파이트 7때와는 달라.'

그때는 오락실 규모의 대회를 열어도 20~30여 명 정도 될까 말까 한 사람들밖에 없었다.

애초에 격투 게임 자체가 '그들만의 리그'라는 소리를 많이 듣는 장르 중 하나였기 때문이다.

신규 유저들이 쉽게 발을 들여놓기 힘든 게임 장르.

그 고인 물들을 뚫고서 세계 대회를 우승한 강민허의 업적은 실로 대단하다 할 수 있었다.

그러나 그 업적을 포기하고 과감히 새로운 분야에 도전을 하게 된 강민허.

물론 후회는 없다.

애초에 본인이 택한 길이었으니까.

'우선은 여기 우승부터 시작해 볼까?'

일찌감치 본인의 우승을 확신한 그의 발걸음은 실로 가벼웠다.

오버파워 PC방, 본점.

국내 최대 규모를 자랑하는 곳임에도 불구하고 벌써부터 오늘 예정되어 있는 대회로 인산인해를 이루고 있었다.

PC방 대회 통제를 위해 모집된 현장 스태프들의 숫자가 부족하게 느껴질 정도였다.

다수의 사람들이 뒤섞여 있는 와중에 유독 시선을 모으는 인물이 있었다.

"저 사람, 혹시 성진성 아니야?!"

"헐, 진짜네!"

"대박! 실물로 보는 건 처음이야!"

여기저기서 난리도 아니었다.

말끔해 보이는 인상을 소유한 25세의 젊은 남자, 성진성.

ESA 프로 게임단에 소속되어 있는 준프로게이머였다.

로인 이스 온라인의 경우에는 2군 리그도 꽤나 많이 활성화가 되어 있는 터라 성진성과 같은 준프로에게도 대회 출전에 제법 많은 기회가 주어지고 있었다.

몇 차례 방송 경기를 통해 이미 그 기량을 입증한 실력자!

그게 바로 성진성이었다.

"준프로가 PC방 대회를 다 오다니……."

"제발! 신이시여, 성진성만큼은 피하게 해주세요!"

여기저기서 시름시름 앓는 소리가 들려왔다.

예선 경기부터 성진성과 만나고 싶지 않다. 그러니 제발 다른 조에 배치되게끔 해달라!

그런 원성이 여기저기서 들려왔다.

물론 성진성도 잘 알고 있었다. 이들이 자신과 같은 조가 되는 걸 별로 원치 않는다는 사실을.

비록 2군에 준프로라고 하지만, 아마추어 사이에선 원톱이라 할 수 있을 정도로 기량 차이가 많이 났다.

괜히 '프로'라는 단어가 붙은 게 아니니까.

'후후후, 그래. 다들 그렇게 알아서 기라고. 이번 대회 우승은 어차피 내 거니까!'

속으로 우승에 대한 자신감을 강하게 드러내는 성진성.

자신과 같이 준프로로 활동하는 익숙한 얼굴들이 두세 명 정도 보이지만, 전부 다 2군 리그에서 경기를 펼쳤을 때 이겼던 상대들이었기에 큰 부담감은 없었다.

"참가자분들은 본인 경기 확인하시고, 자리에 앉아주세요!"

스태프의 말에 성진성이 자연스럽게 자리 하나를 차지해 가져온 가방의 지퍼를 열었다.

그가 애용하는 개인용 키보드와 마우스였다.

로인 이스 온라인은 3D 게임이다. 마우스는 주로 시야를 돌리거나 공격, 방어 스킬 용도로 사용된다.

키보드는 스킬, 4방향 움직임, 그리고 아이템 활용 등에 쓰이곤 한다.

프로게이머라고 함은 자신의 손에 최적합한 장비를 사용하는 게 당연지사. 준프로라고 해도 예외는 없었다.

금방 세팅을 마친 이후. 게임에 접속해 결투장 서버로 향했다.

'첫 번째 경기는 가볍게 끝내볼까.'

혹시 몰라 대진을 확인해 봤지만, 역시나 첫 번째 예선 경기에서 그를 상대할 사람은 여태 로인 이스 온라인에서 본 적이 없는 아마추어 게이머였다.

어차피 자신과 같은 준프로게이머 참가자만 아니면 크게 경계심을 가질 필요는 없었다.

경기는 3전 2선승제.

한발 먼저 미리 접속해 있던 성진성의 시야에 그를 상대할 플레이어의 아이디가 포착되었다.

'라울? 어디서 많이 듣던 닉네임인데… 아, 그 트라이얼 파이트 7에 나오는 캐릭터 이름인가.'

성진성도 트라이얼 파이트가 어떤 게임인지 정도는 알고 있었다.

그러나 유명한 캐릭터 몇몇만 인터넷에 돌아다니다가 우연히 봤을 뿐, 나머지는 잘 알지도 못했다.

애초에 격투 게임에는 관심도 없었으니까.

마우스와 키보드 위에 손을 얹은 성진성.

이윽고 시스템 보이스가 PK 준비를 알려왔다.

System: 곧 대전이 시작됩니다.

System: 3, 2, 1… Fight!

'금방 끝을 내주지!'

시간도 아까웠다.

금세 첫 번째 예선 경기를 끝낼 각오를 굳힌 성진성이 곧장 캐릭터를 전진시켰다.

성진성의 캐릭터는 전사형으로, 만렙 달성과 함께 게임 내에서도 얻기 힘든 전설 아이템으로 도배가 되어 있었다.

물론 대전 모드에 들어갈 때에는 아이템 스킬, 능력치가 밸런스에 맞게 보정이 되곤 하지만, 그래도 일반 등급의 아이템보다는 월등히 좋았다.

한 손에는 전설 등급 롱소드인 가르시아의 신념을, 그리고 다른 한 손에는 같은 등급의 중형 방패인 가르시아의 의지를 들고 있었다.

한 손 전사를 주로 사용하는 플레이어들에게 있어서 정석 아이템 세팅이라 불리는 '가르시아 템 세팅'이었다.

구하기도 쉽지 않았다. 한편으로는 졸업템이라는 말이 나올 정도니, 그 희귀도는 굳이 말로 표현할 필요가 없었다.

가르시아 세트를 들고 당당하게 '라울'에게 덤벼는 성진성.

자신은 만렙이지만, 상대방의 레벨은 고작해야 5레벨에 불과했다.

물론 로인 이스 온라인의 레벨 성장 시스템은 여타 다른 온라인 게임에 비해 특이한 면모를 가지고 있었다.

경험치를 쌓으면 스탯 포인트를 주고, 스탯 포인트를 올리면 레벨이 오르는 시스템을 구축하고 있었다.

이 시스템 덕분에 장비 또한 레벨 제한이 없었다. 성능에 따라, 원하는 디자인에 따라 자신의 취향껏 마음대로 장비를 착용하면 된다. 그것이 로인 이스 온라인의 큰 특이점 중 하나였다.

게다가 PvP의 경우에는 레벨이 낮다 하더라도 PvP 보정을 받을 수 있어서 PVE에 비해서 훨씬 더 강해진다.

하나 큰 영향이 없다 하더라도 레벨 차이에서 오는 스탯 격차는 분명 존재한다.

'초보 중에서도 초보인가! 캐릭터 만든 지 얼마 되지도 않은 어중간한 걸 가지고 어떻게 예선을 뚫었는지 모르겠지만,

얌전히 집이나 가시지!'

꽁승이다.

그런 생각이 성진성의 머릿속을 가득 채웠다.

하나 그건 어디까지나 성진성의 착각에 불과했다.

"……"

별다른 움직임을 보이지 않는 상대 플레이어 캐릭터.

그러다 갑자기 무릎을 살짝 굽히면서 자세를 낮추더니 슬쩍 몸을 옆으로 회전시켰다.

빠른 동작도 아니었다. 눈에 빤히 보이는 움직임이었음에도 불구하고 성진성의 공격은 털끝 차이 하나로 빗나갔다.

"뭣……?"

자신도 모르게 리얼 육성으로 탄식을 내뱉은 성진성.

분명 움직임이 보였다. 그럼에도 불구하고 제대로 적중시키지 못했다.

'아니… 침착하자. 내가 움직임이 너무 빨랐던 거야.'

만약 성진성이 검을 휘두르는 동작에 조금의 여유가 있었더라면, 도중에 방향을 틀어 라울의 목을 베었을지도 몰랐다.

단칼에 라울의 HP를 제로로 만든다는 생각밖에 들지 않아 자신도 모르게 힘이 들어간 것일지도 몰랐다.

전사 형태의 캐릭터는 근력에 스탯이 주로 많이 분포되어 있었다. 민첩 계통에는 그리 많은 스탯이 투자되어 있지 않았기 때문에 유연성 있고 빠른 몸놀림을 구사하기에는 부족한 감이 있었다.

그렇다 하더라도 5레벨을 상대로 첫 번째 공격을 적중시키지 못할 거란 예상은 할 수가 없었다.

썩어도 준치라는 말이 있지 않은가. 제아무리 민첩에 투자를 많이 하지 않았다 치더라도, 그래도 5레벨보다는 민첩 스탯이 높았다.

'설마 내 움직임을 미리 간파한 건가?'

프로의 경기에선 주로 그런 부류의 방어 전술을 쓰는 선수들이 있긴 했다.

그러나 그건 어디까지나 다수의 경험을 치러온 프로게이머에게만 해당되는 이야기였다.

경험은 일종의 통계자료가 된다.

수많은 경기를 치르면서 겪은 경험들을 토대로 경우의수를 생각해 그에 따른 패턴의 수를 줄인다. 프로로서는 당연한 플레이였다.

그러나 고작해야 5레벨 유저가 그런 풍부한 경험을 지니고 있을 리가 없다는 생각이 들었다.

'우연이겠지!'

단순히 우연으로 치부해 버린 성진성이 두 번째 공격을 가하기 위해 움직였다.

이번에는 기본 공격이 아닌 스킬 공격이다!

그의 장기 중 하나인 '진공베기'가 펼쳐졌다.

진공베기 스킬의 특징은 검이 직접 닿지 않아도 상대방에게 원격으로 검기를 날려 타격을 가할 수 있다는 점이었다.

유효타 범위는 200미터!

'이거라면 피할 틈이 없겠지!'

게다가 움직임을 보이는 일조차도 없을 터.

허공으로 칼을 휘두르는 순간, 백색의 검기가 매섭게 뻗어나갔다.

눈으로 따라잡기 힘들 정도로 빠른 속도를 뿜내는 검기가 라울에게 날아들기 시작했다.

'이겼군.'

승리를 장담하는 성진성.

예선 경기 현장에서 자신의 주특기 중 하나인 진공베기를 선보일 줄은 몰랐다.

그러나 크게 상관은 없었다.

성진성의 경기를 보기 위해 몰려든 경쟁자들에게 기세 제압용으로 진공베기를 보여주는 것도 나쁘지 않은 효과였다.

하나 설마 그게 독이 될 줄은 몰랐다.

"과연… 이런 기술이었군."

"……?"

맞은편에서 들려오는 한 남자의 목소리.

그와 동시에 놀라운 일이 발생했다.

갑자기 성진성의 캐릭터 HP바가 급격하게 줄어들기 시작한 것이었다.

"뭐, 뭐야! 이거 왜 이래?!"

바닥을 모르고 쭈욱 내려가는 HP 수치.

이윽고 제로에 도달하는 순간, 시스템 보이스가 성진성의 아웃을 선언했다.

System: 패배하셨습니다.

System: 라울 님의 승리!

"뭐?! 말도 안 돼! 왜 내가 아웃을 당한 거야!"

성진성의 입장에선 납득하기 힘들었다.

버그가 아닌 이상, 공격을 가한 자신이 질 이유는 없었다.

그러나 맞은편에 앉아 있던 상대 플레이어가 갑자기 대뜸 입을 열었다.

"반격기도 모르나? 준프로가 공용 스킬조차 모르면 곤란하지."

"반격기라고?!"

설마 하는 생각에 방금 전, 대전 리플레이를 확인했다.

그의 말대로 진공베기 공격이 들어간 순간, 라울이 수상한 움직임을 보였다.

검기가 라울의 가슴팍에 닿는 순간.

갑자기 그의 팔이 진공베기를 쳐낸 것이었다.

반격기인 '카운터 어택(Counter attack)'이었다.

[카운터 어택]

[반격기]

[쿨타임: 30초]

[공용 스킬]

[시전 시간 (0.01초) 안에 카운터 어택을 성공할 경우, 상대방의 공격을 그대로 되돌려 준다.]

"세상에……!"

두 눈으로 보고도 믿기 힘들었다.

물론 반격기는 방금 전 남자가 말했던 그대로, 공용 스킬로서 모든 캐릭터들이 사용할 수 있는 스킬 중 하나였다.

모든 스킬을 튕겨낼 수 있는 장점을 지닌 강력한 스킬. 그것이 바로 카운터 어택이다.

1레벨부터 기본 스킬로 주어지는 좋은 기술 중 하나였지만,

플레이어들이 사용하지 않는 이유가 있었다.

바로 시전 시간이 0.01초라는 점이었다.

스킬 마스터 레벨인 20을 달성한다 하더라도 고작해야 0.05초밖에 되지 않았다. 그 시간에 어떻게 상대방의 공격을 정확하게 예측하고 반격기를 사용하겠는가.

심지어 반격에 실패하면 입는 대미지는 5배다. 자칫 잘못하다가 도리어 한 방에 훅 갈 수도 있었다.

최정상급 실력을 지닌 프로게이머조차도 사용하기 어려워 반격기 스킬을 슬롯에서 빼버리는 경우도 허다했다.

게다가 쿨타임 역시 30초. 스킬 레벨을 마스터해도 쿨타임은 줄어들지 않는다.

위험부담을 지닌 반격기를 아무렇지도 않게 사용한 남자. 그의 결단력이 준프로를 상대로 1세트를 가져오는 쾌거를 이루게끔 만들었다.

'아니, 고작해야 우연의 일치겠지. 저건 허세다!'

그렇게 생각할 수밖에 없었다.

1군 경기에서도 보기 힘든 진기명기를 설마 아마추어 예선 현장에서 보게 될 줄이야. 누가 감히 상상조차 했겠는가?

그저 재수가 좋아서 그런 것뿐!

그런 생각을 하며 곧장 두 번째 경기에 임하는 성진성이었지만…….

결과는 그가 예상했던 것과 정반대로 흘러가고 말았다.

*　　　*　　　*

성진성을 꺾고 당당하게 자신의 이름표를 가지고서 경기 현황판으로 자리를 옮기는 남자.

"어디 보자……."

유심히 경기 현황판을 응시하던 남자가 마침 근처를 지나던 스태프를 불러 세웠다.

"여기에 이긴 사람 이름표 붙여두면 됩니까?"

"아, 네. 몇 조이신가요?"

"3조요."

"3조면… 아, 이쪽이네요. 그런데 누구랑 붙어서 올라갔…서, 성진성?!"

놀라는 스태프를 그대로 지나친 남자가 당당하게 예선 경기 2차전 칸에 자신의 이름표를 올려놓았다.

준프로 성진성을 물리치고 당당하게 2차전에 진출한 남자.

그자의 이름은…….

이미 한 번 세계를 재패했던 격투 게임의 최강자, 강민허였다.

"……."

말없이 컴퓨터 모니터를 응시하는 성진성.

방금 전까지만 하더라도 그는 이름 없는 아마추어를 상대하고 있었다.

게다가 그가 다룬 캐릭터는 만렙조차 되지 못한 저렙 캐릭터였다.

그럼에도 불구하고 성진성은 강민허가 조종하는 게임 캐릭터, 라울에게 패배 선언하고 말았다. 그것도 완패다.

아이템이라든지 캐릭터 레벨 핑계를 댈 수도 없었다. 누가 봐도 성진성이 유리했으니까.

맹수는 제아무리 약한 사냥감이라 하더라도 발톱을 세워 전력을 다하는 법. 성진성 역시 마찬가지였다.

어차피 2군에서 활약 중인 준프로였기 때문에 이런 PC방 대회에 주기적으로 참가해 자신의 커리어를 쌓아야 했다.

더불어 용돈 벌이도 하고 말이다.

그러나 이런 성진성의 야망을 단 한순간에 박살 내버린 남자가 등장했다.

강민허. 그가 바로 성진성을 1차전에서 무너뜨린 남자의 정체였다.

"저기… 성진성 씨?"

뒤에서 경기를 펼치기 위해 대기 중이던 게이머가 조심스럽게 입을 열었다.

"곧 5조 경기 시작하는데, 자리 좀……."

"……."

입을 굳게 다물고 있던 성진성.

그가 갑자기 양쪽 손을 수평으로 쫘악 뻗었다!

"뭐, 뭐야?!"

"왜 저래?!"

주변인들이 놀라움을 표현했다.

갑자기 기이한 행동을 하는 그의 모습에 웅성거림이 더욱 커졌다.

아마추어에게 1차전 탈락의 굴욕을 겪게 된 탓에 정신이 나가기라도 한 걸까. 하기야, 아마추어에게 처참하게 발린 채 탈락했으니, 멘탈이 나갈 만도 하다.

그러나 잠시 뒤.

짜아아아아아악!!!

양쪽 손바닥으로 자신의 뺨을 강하게 후려친 성진성이 정신을 차린 듯 일어섰다.

그러더니 주변을 빠르게 둘러보기 시작했다.

'찾았다!'

누군가를 발견하자마자 곧장 걸음을 성큼성큼 옮겼다.

본인을 꺾었던 남자, 강민허였다.

2차전 준비를 하기 위해 잠시 손을 풀던 강민허. 대뜸 그의 뒤로 돌아간 성진성이 공격적으로 말을 걸어왔다.

"이봐, 당신."

"…누구요?"

의자에 앉은 채 성진성을 올려다보던 강민허가 아니꼬운 시선으로 바라보며 물었다.

그의 태도에 한층 더 열받은 감정이 솟구쳐 오르기 시작하는 성진성이었으나, 이럴 때일수록 감정보다 이성적으로 접근해야 한다는 감독의 말을 떠올리고 곧장 입을 열었다.

"방금 전에 댁이랑 1차전에서 맞붙었던 상대인데."

"아직도 집에 안 갔어요?"

"……!"

이성의 끈을 건드리는 강민허의 2차 공격. 설마 성진성이 여기서 아마추어에게 이런 취급을 당할 거라고 누가 감히 상상이나 했겠는가.

프로게이머들 사이에선 모르지만, 아마추어들에게 있어서 성진성은 가히 무시할 수 없는 존재이기도 하다.

프로게이머가 게이머들 사이에서 신 취급을 받는다면, 성진성은 신을 보좌하는 신관, 혹은 신이 될 자질을 충분히 갖춘 신의 후보 정도 되는 인물이다. 그런 남자가 고작해야 이름도 없는 아마추어에게 PC방 대회 1차전에서 발리다니.

있을 수 없는 일이다. 성진성 본인뿐만 아니라 주변인들 역시 믿을 수 없었다.

그래서 성진성이 생각한 결론이 하나 있었다.

바로……

"당신, 핵 썼지?"

"핵?"

"시치미 떼지 마! 내가 모를 줄 알아?"

그렇다. 온라인 게임과 떼려야 뗄 수 없는 악성 존재. 바로 핵이다.

성진성이 이렇게 생각하는 것도 어찌 보면 당연하다. 생각을 해보라. 만렙인 자신의 캐릭터를 고작해야 5레벨 캐릭터가, 그것도 기본 장비밖에 갖추지 않은 캐릭터가 무참히 발라 버렸는데, 어찌 상식적으로 이해할 수 있단 말인가.

이건 모든 게임 관계자가 불가능하다는 대답을 내놓을 만큼 상식적으로 일어날 수 없는 일이기도 하다.

하지만 온라인 게임에선 불가능한 일도 가능하게 만들어주는 치트키가 한 가지 있었다.

핵. 그것만 있으면 아마추어라 하더라도 프로급 실력을 갖출 수 있게 된다.

대표적으로 FPS 부류의 게임을 예시로 들어보면 된다. 프로와 아마추어의 가장 큰 차이는 바로 에임이다.

만약에 여기서 핵을 사용하게 되면, 제아무리 FPS 초보라 하더라도 핵 프로그램이 알아서 자동적으로 타겟을 조종해 주기 때문에 마우스만 살짝 움직여 클릭하면 100%의 승률을 유지할 수 있게 된다.

핵이 있다면 아마추어가 준프로를, 그것도 5레벨밖에 되지 않은 캐릭터로 이기는 것도 가능하다.

하나 그건 성진성의 오해에 불과했다.

"난 핵 같은 건 사용하지 않아. 오히려 그런 걸 극혐하는 사람 중 한 명이거든. 그러니까 이상한 소리할 생각이라면 얼른 가슈. 2차전 준비해야 하니까."

"흥! 끝까지 발뺌하는구만! 운영진한테 확 불어버리는 수가 있어!"

"불든 말든 마음대로 하든가. 못 믿겠다면 주최 측이랑 같이 내가 플레이하는 모습, 뒤에서 계속 지켜보면 되잖아. 안 그래?"

"……."

"나야 크게 상관은 없지만."

할 말이 끝난 모양인지 헤드셋을 착용하는 강민허.

담담한 그의 태도에 오히려 열불이 나는 성진성이었지만, 핵이라 하더라도 명확한 증거가 있어야 한다.

아직까지 성진성에게는 그 증거가 없는 상황. 어차피 강민 허 본인도 뒤에서 자신의 플레이를 감시하라고 직접 엄포를

늘어놓았으니, 거리낄 게 없어졌다.

"좋아, 한번 지켜봐 주지!"

팔짱을 낀 채 마치 자릿세라도 낸 것처럼 강민허의 바로 뒤에 서게 된 성진성.

어차피 오늘 개최된 PC방 대회에는 본인 말고도 2군에서 대활약 중인 준프로가 몇몇 참가해 있는 상태다.

제아무리 성진성을 1차전에서 꺾었다 하더라도 계속 위로 올라가다 보면 언젠가는 그들과도 마주할 터.

그때가 되면 핵 사용 여부가 가려질 것이다.

'이 두 눈으로 똑똑히 지켜봐 주마!'

이를 바득바득 갈기 시작하는 성진성. 그의 눈빛에 강한 이채가 어리기 시작했다.

*   *   *

2차전 상대는 '플래시'라는 닉네임을 사용하고 있는 플레이어.

전 서버 내에서도 상위 500위 안에 드는 랭커 중 한 명이다.

'플래시라… 이번만큼은 이 녀석도 어쩔 수 없겠군!'

팔짱을 낀 채 뒤에서 강민허를 내려다보던 성진성의 어깨에 절로 힘이 들어갔다.

본인과 직접 관련이 없는데도 말이다.

플래시 역시 레벨 5밖에 되지 않는 초짜 중에서도 초짜인 강민허가 상대라는 사실을 알고 여유 넘치는 미소로 일관했다.

물론 이 경기를 보기 위해 모여든 주변인들도 플래시의 압도적인 승리를 예상했다.

"저 사람, 5레벨밖에 안 되는 거 같은데?"

"그러게. 부계정인가?"

"멀쩡한 본계정을 놔두고 왜 부계정으로 참가한대? 그것도 5레벨로?"

"희한하단 말이야……."

5레벨 유저인 강민허. 그런 그에게 이런 지대한 관심이 쏟아지는 이유는 바로 강민허의 뒤에서 딱 버티고 있는 성진성 때문이었다.

1차전에서 성진성을 압도적인 기량으로 셧아웃시켜 버린 장본인, 강민허의 실력을 보기 위해 몰려든 것이다.

준프로가 아마추어에게 패배하는 일은 그렇게까지 희귀한 사건이 아니긴 하다.

그러나 5레벨이라는 저렙 중에서도 저렙인 캐릭터한테 2군 리그에서 대활약 중인 성진성이 K.O. 패배를 당했다고 하니,

놀라운 일이 아닐 수가 없다.

"핵 쓰는 거 아니야?"

"그럴지도 몰라."

다들 성진성과 같은 생각을 하고 있었다.

여러 가지 정황상 핵 유저로 의심되는 강민허의 경기에 주최 측에서도 인력을 파견해 그의 경기를 예의 주시하기 시작했다.

핵이 포착되는 즉시 강민허는 부정행위로 인한 탈락 처리를 받게 될 것이다.

지켜보는 눈이 많아지자, 성진성의 입꼬리가 슬쩍 올라갔다.

'이렇게 많은 사람들이 보고 있는데, 핵 같은 건 쓰지도 못하겠군.'

핵을 사용할 수 없다면, 결과는 뻔하다.

강민허의 패배. 5레벨로 500위 안에 드는 탑 랭커를 상대한다는 건 불가능에 가까운 일이다.

프로들도 그건 힘들다. 그런데 어떻게 그것을 강민허가 해내겠는가.

아름도 없는 아마추어가 말이다.

비록 과거 트라이얼 파이트 7을 통해 세계 재패를 했던 경력이 있는 강민허지만, 그 과거를 아는 이는 극히 드물었다.

애초에 격투 게임에 대해 잘 아는 게이머들이 이 자리에 없었기 때문이다.

게다가 국내 대회도 거의 없는 트라이얼 파이트 7이라 강민허가 누구인지조차도 모르는 사람이 대부분이었다.

그런 그가 스틱이 아닌 키보드, 마우스를 잡았다.

처음 트라이얼 파이트 7을 시작할 때에도 사람들은 지금과 같은 시선으로 강민허를 바라봤다.

이름도 없는 게이머가 무엇을 할 수 있을까.

하나 강민허는 담담하게 그들의 시선을 온몸으로 받아냈다.

그리고 세계 최정상에 올라섰다.

그에게는 보통 사람들이 가질 수 없는 특별한 능력이 있었다.

바로 게임에 대한 '천부적인 재능'이다.

'어디 한번 해볼까.'

오랜만에 강민허의 승부욕이 불타오르기 시작했다.

* * *

ESA 팀의 코치를 맡고 있는 젊은 남성, 오진석.

오늘은 비번이긴 하지만, 본의 아니게 그는 본업과 관련된

일로 시내 한복판에 나오게 되었다.

나름 실력 있는 아마추어들이 참가한다는 정통 PC방 대회, 오버파워의 로인 이스 온라인 PvP 대회가 있는 날이기 때문이다.

혹시 영입할 수 있는 뛰어난 인재를 미리 선점하고자 감독인 허태균이 미리 오진석을 시켜 탐방을 보낸 것이다.

"감독님도 참. 본인이 직접 오시면 될 것이지, 왜 하필 나를……."

여러모로 불만이 많을 수밖에 없었다. 애초에 오진석은 오늘 하루, 쉬는 날이었다. 그럼에도 불구하고 허태균의 명령에 의해 반강제적으로 이곳 오버파워 PC방 본점에 오게 되었으니, 입이 삐쭉 튀어나오는 건 당연지사였다.

"어디 보자. 진성이 녀석, 우승했으려나."

오진석이 코치로 있는 팀, ESA에 소속되어 있는 준프로게이머, 성진성이 오늘 이 대회에 참가한다는 사실은 코치로서 당연히 알고 있는 정보였다.

직접 성진성과 함께 이곳에 와 실시간 코칭을 할 수도 있었지만, 그건 성진성이 스스로 거부했다.

어차피 아마추어들, 거기에 더 나아가 봤자 자신과 같은 준프로급 게이머와 대결하는데, 구태여 오진석의 코칭까지 필요 없다는 이유에서였다.

어찌 보면 자신감이기도 하다.

성진성은 자존심이 높은 프로게이머. 그의 의사를 십분 존중하기로 한 허태균 감독은 그를 배려해 코치진 대동 의사를 거둬들였다.

"어차피 여기 올 거면 그냥 진성이랑 같이 올 걸 그랬나."

뒤늦은 후회를 하는 오진석.

생각보다 대회가 빨리 진행된 모양인지, 이미 결승전이 시작되고 있었다.

발을 붙이기 힘들 정도로 모여든 인파들. 그곳에서 오진석은 멀뚱히 대형 모니터 화면을 바라보고 있는 성진성을 발견했다.

"어이, 진성아!"

"코치님?! 여긴 어떻게……."

"감독님이 가보라고 해서 왔다. 그보다 네가 여기 있다는 건… 떨어졌냐?"

"네, 그렇게 되었습니다."

"어디서 떨어졌는데. 4강? 8강?"

"그게……."

잠시 말을 잇지 못하던 성진성.

마지못해 천천히 입을 열었다.

"1차전… 입니다."

"뭐어?!"

믿기 힘든 일이었다. 성진성은 그래도 한가락 하는 준프로로 알려져 있다. 2군 리그에서도 올킬을 할 정도로 뛰어난 능력을 지닌 선수가 1차전에서 탈락이라니.

"누구한테 졌는데. 어느 팀 소속이냐?"

필히 성진성을 떨어뜨린 사람이 같은 준프로라고 생각했던 오진석이었으나, 더 놀라운 일이 벌어졌다.

"…저기 앉아 있는 아마추어한테서요."

"아마추어라니. 누군데?"

결승전 상대가 성진성과 같은 준프로임에도 불구하고 그를 농락하다시피 플레이하는 한 남자.

그를 가리킨 성진성이 새파랗게 질린 표정으로 말했다.

"강민허라고, 괴물 같은 놈입니다."

오버파워 PC방 대회 결승전.

파란의 연속을 보여주며 파죽지세로 결승까지 올라온 강민허의 상대는 성진성과 마찬가지로 2군 리그에서 활약 중인 준프로게이머, 이청하였다.

팀 나이트메어에 소속되어 있으며, 아직 정식 스폰서를 구하지 못한 프로 팀이기도 하다.

'아마추어가 상대란 말이지……'

맞은편에 앉아 있는 강민허를 응시하던 이청하. 그의 눈빛에 긴장감이 어리기 시작했다.

아마추어라 하더라도 더 이상 그를 얕봐서는 안 된다. 강민허가 쓰러뜨린 상대만 하더라도 성진성을 포함해서 PvP 500위 안에 드는 탑 랭커들이다.

그들을 무차별하게 꺾고 올라왔다는 건, 적어도 실력은 있다는 뜻이 아니겠는가.

게임의 세계는 냉정하다. 프로, 준프로, 아마추어를 떠나서 실력이 이기는 자가 이기는 법이다.

강민허도 그런 부류의 타입일 터.

'긴장하지 말자! 모처럼 결승까지 올라왔잖아!'

PC방 대회라 하더라도 우승 상금이 생각보다 꽤나 짭짤한 편이다.

총 상금 2천만 원. 그중 우승 상금이 천만 원에 달한다.

준우승 상금이 3백만 원이라는 것을 감안한다면, 결코 소홀하게 경기에 임할 순 없을 것이다.

자신의 전용 키보드와 마우스를 세팅한 채 최대한 평정심을 유지하기 위한 정신 집중 의식에 들어가는 이청하.

그와 반대로 강민허의 태도는 사뭇 여유로웠다.

"경기 언제 시작합니까?"

하품을 하면서 심판에게 경기 시작 시기를 묻는 강민허였다. 그러자 심판이 손목시계를 바라봤다.

"아직 5분 남았습니다."

"선수들끼리 서로 준비됐다고 하면, 바로 시작할 수 있는 거 아닙니까?"

"그렇긴 하지만… 이청하 선수가 아직 준비가 덜 된 거 같군요."

강민허의 생각은 이러했다.

조금이라도 빨리 경기 끝내고 집으로 가서 쉬고 싶다.

아침부터 현재 시각인 저녁 7시까지. 거의 풀타임으로 경기를 뛰어온 강민허였기에 피곤함이 이만저만이 아니다.

물론 그건 이청하도 마찬가지일 터.

서로 동등한 조건이기에 누가 더 강한 정신력과 체력을 지니고 있는가에 대한 차이점이 승부의 결과를 결정지을 것이다.

이청하는 다년간의 준프로 경력을 통해 이와 같은 상황을 많이 접해왔다.

그렇기에 마인드 컨트롤은 자신이 있었다.

'내가 우세해!'

아마추어와 프로의 차이가 이것 아니겠는가.

한편, 강민허로부터 경기 시작 속개를 요청받은 심판이 슬그머니 이청하를 바라봤다.

동시에 이청하가 고개를 끄덕이자 심판이 경기 시작을 선언했다.

"대기실로 들어와 주시기 바랍니다. 레디 후 10초 뒤에 바로 시작하겠습니다."

"드디어구만, 드디어야. 오래도 걸렸어."

작은 불만을 토로하며 일분일초의 낭비도 없이 칼 레디를 박아버리는 강민허의 모습에 이청하의 미간이 찌푸려졌다.

여유인가. 아니면 쓸데없는 자신감에서 비롯되는 허세인가.

알 수는 없지만, 실력자임에는 분명하다.

2군 리그에서 자신을 그토록 애먹였던 성진성을 1차전 경기에서 무참히 짓밟아 버렸을 정도의 실력자니 말이다.

사실 그 경기를 이청하도 실시간으로 봤다. 결승전에서 성진성과 자신이 맞붙을지도 모른다는 생각 때문에 염탐을 겸해서 그의 경기를 몰래 관람했다.

하나 결과는 예상외였다.

강민허의 5레벨 캐릭터, 라울이 그를 간단하게 제압해 버렸기 때문이다.

'상대방은 격투가 클래스… 원거리인 내가 유리하겠어!'

성진성의 경우에는 강민허와 같은 근접전 전용 클래스였다.

하나 이청하는 달랐다.

궁수 클래스. 원거리에서 지속적인 딜을 넣는다면, 제아무리 강민허라 하더라도 마땅한 해결책은 없을 터였다.

게다가 저레벨이다 보니 체력도 약하다.

주력 원거리 공격 스킬 두세 방만 적중시키면, 그의 체력은 금세 바닥을 길 것이다.

압도적인 우세! 그것이 이청하에게 자신감을 복돋아줬다.

시야를 확보하기 위해 높은 나무 위를 먼저 선점한다.

이윽고 나뭇가지와 잎사귀들을 통해 은폐, 엄폐를 하면 된다.

여기에 더해 이청하의 궁수 캐릭터가 지니고 있는 특수 패시브 스킬, 하이드(Hide)를 발동시키면 강민허는 절대로 그를 찾지 못할 것이다.

'좋았어. 이 정도면 되겠지.'

마음먹고 숨는다면, 영원히 몸을 숨기는 것도 가능하다.

하나 PvP 대전에는 기본적으로 제한 시간이 걸려 있다. 게다가 패시브 스킬이긴 하지만, 마나를 사용하는 기술이기 때문에 장시간 동안 하이드를 발동시킬 수도 없는 노릇이었다.

그래도 크게 상관은 없었다. 정글 타입의 맵이라 방해 요소가 되는 오브젝트가 많긴 하지만, 오히려 이것들을 이용해 은신을 할 수 있을뿐더러 맵의 크기 자체도 대형이 아닌 소형이다.

그렇기에 조금만 이곳에서 대기를 타다 보면, 이청하를 잡기 위해 기웃거리는 강민허의 캐릭터를 발견할 수 있을 것이다.

그를 발견함과 즉시 필살의 일격을 시전할 예정이다.

데드 샷(Dead shot). 일정 확률로 상대방 HP에 상관없이 즉사시킬 수 있는 무시무시한 스킬이다.

하지만 그 확률은 지극히 낮다. 제아무리 스킬을 만렙으로 찍어봤자 채 1%가 되지 못한다.

그러나 지금의 이청하는 데드 샷 스킬 확률을 최대한 올리는 옵션들로 가득 도배된 아이템으로 세팅을 한 상태였다.

온갖 장비들로 확률을 끌어 올린 덕분에 데드 샷의 성공 확률은 30%까지 상승했다.

30%. 과반수에 미치지 못하는 수치지만, 승부를 걸기에는 충분하다.

'성진성이 셧아웃을 당할 정도다. 여유 부리지 말고 최대한 끝낼 수 있을 때 끝내는 게 좋겠지!'

조심스럽게 호흡을 가다듬었다.

로인 이스 온라인의 경우에는 타겟팅 스킬과 논타겟팅 스킬로 구분된다.

데드 샷의 경우에는 논타겟팅이다. 그렇기 때문에 최대한 집중해 단번에 강민허의 캐릭터를 맞춰야 한다.

어차피 후속타도 충분히 마련되어 있다. 설사 데드 샷이 빗

나간다 하더라도, 혹은 30%의 확률이 발생하지 않더라도 다음 공격을 이어나가면 그만이다.

헤드셋을 낀 이청하의 귓가에 바스락거리는 소리가 들려왔다.

"왔군."

그의 한쪽 입꼬리가 슬며시 올라갔다.

소리만으로도 알 수 있었다.

강민허. 그가 근처에 있다는 사실을.

사실 이청하는 강민허가 어떤 방법으로 성진성을 쓰러뜨렸는지 이미 들은 바가 있었다.

뿐만 아니라 강민허가 결승 무대까지 올라오면서 사용한 패턴은 오로지 단 하나뿐이었다.

카운터 어택이다.

그것 때문에 레벨 5임에도 불구하고 만렙인 70레벨 캐릭터들을 제압할 수 있었던 것이다.

스탯 차이가 심하게 남에도 불구하고 카운터 어택이 성공한다면, 제아무리 만렙 캐릭터라 하더라도 온전히 버텨낼 재간이 없다.

'아무리 피지컬이 좋은 녀석이라도 날아오는 화살한테 카운터 어택을 먹이는 경우는 없겠지!'

그건 프로들의 경기에서도 본 적이 없었다.

그래서 더더욱 안심이 되었다.

하나 이청하는 이때 당시, 알지 못했다.

안심의 정체가 자만이라는 사실을.

크게 움직이는 수풀.

그 사이로 강민허의 캐릭터인 라울이 모습을 드러냈다.

'끝이다, 풋내기!'

있는 힘껏 활시위를 당겼다.

머지않아 팅! 하는 소리와 함께 화살 하나가 매섭게 라울을 향해 날아들었다.

데드 샷! 이청하가 자랑하는 즉사 스킬이다!

"음?"

화살이 발사되는 순간, 강민허의 라울 캐릭터가 동시에 고개를 돌렸다.

화살이 날아오는 장면을 포착하자마자 강민허의 손놀림이 빨라졌다.

마우스로 재빠르게 시야를 전환하고, 그와 함께 왼손이 스킬 단축키로 지정된 숫자 키로 향했다.

"이쯤인가."

위급한 와중에도 타이밍을 잰 듯한 말과 함께 숫자 1키를 누르는 강민허.

그 키에 저장되어 있는 스킬은 바로…….

카운터 어택이었다.

30%의 확률로 상대방을 즉사시키는 무시무시한 공격. 하나 그럼에도 불구하고 강민허는 공격보다 방어… 아니, 반격을 꾀했다.

라울의 오른손이 올라감과 동시에 화살의 끝이 그의 손바닥에 닿기도 전에 튕겨 나갔다!

0.01초의 기적이 또다시 구현된 것이다!

"이런 미친……!"

순간 이청하의 입에서 욕지거리가 튀어나왔다.

발사한 화살은 정확히 그의 캐릭터가 은신해 있는 곳으로 향해 날아왔다.

카운터 어택 스킬은 카운터 개념이기 때문에 공격을 상대방에게 되돌리는 옵션을 가지고 있다.

즉, 다시 말해서 날아가는 화살의 방향을 통해 이청하의 캐릭터가 어디에 숨어 있는지 그 위치까지도 노출된 것이다.

"저기군."

강민허의 양손이 다시금 빠르게 움직였다.

한편, 이청하는 졸지에 확률 싸움을 치르게 되었다.

설마 데드 샷이 카운터 어택으로 본인에게 되돌아올 거라고는 미처 예상치 못했다.

'빌어먹을!!!'

이렇게 된 이상, 공격을 받을 수밖에 없다.

30%의 확률로 죽거나, 70% 확률로 대미지만 받거나.

데드 샷이 이청하가 조종하는 캐릭터의 왼쪽 어깨를 관통했다.

그리고 결과는…….

"사, 살았다!!"

70% 확률이 30%의 확률을 짓눌러 버렸다!

하나 대미지는 컸다. 혼신의 일격을 다한 데드 샷이었기에 순식간에 그의 HP가 3분의 1가량 빠져나갔다.

게다가 근접전 캐릭터도 아니고 원거리 형태의 궁수 클래스이기 때문에 방어력이 비교적 낮을 수밖에 없었다. 그래서 예상보다 많은 대미지를 받고 말았다.

민첩이 높긴 했지만, 불행하게 회피 판정도 뜨지 않았다.

그래도 즉사 판정이 안 뜬 것만으로도 천만다행이었다.

"침착하자, 침착해! 어차피 내가 유리하다!"

계속해서 거리를 벌리고 대미지를 꾸준하게 주면, 이청하가 질 수가 없다.

마우스를 움직여 시야를 확보하는 이청하.

그러나 그제야 알아차릴 수 있었다.

이미 강민허의 캐릭터가 모습을 감췄다는 사실을!

"이런 미친!"

그의 입에서 무의식적으로 욕지거리가 튀어나왔다.

마우스를 빠르게 움직여 시야를 최대한 확보해 보지만, 어디에도 강민허의 모습은 보이지 않았다.

그때였다!

우지끈! 소리가 나며 순식간에 이청하의 궁수 캐릭터가 무게중심을 잃었다.

"뭐, 뭐야!"

갑자기 그의 모니터 화면이 푸른 하늘과 나무들, 그리고 땅바닥을 번갈아 보여주기 시작했다.

버그 아닌가 하는 생각이 들기도 전에, 쿵! 소리와 함께 그제야 그의 시야가 고정되었다.

아래에서 나무를 올려다보는 장면.

부러진 나뭇가지 오브젝트와 함께 지면으로 떨어진 것이다.

"낙하 대미지… 설마!"

의도적으로 나뭇가지를 부러뜨려 이청하를 아래로 떨궜다.

그런 짓을 할 수 있는 사람은 오로지 단 한 명뿐!

천천히 걸어와 쓰러져 있는 이청하의 캐릭터를 내려다보는 라울.

그러더니 가볍게 주먹을 말아 보였다.

"체크메이트다, 궁수 양반."

머지않아 시스템 메시지 창에 승패의 결과를 알리는 문구가 새겨졌다.

System: 패배하셨습니다.
System: 라울 님의 승리!

"이런 젠장!!"
콰앙!
테이블을 내려치는 이청하.
하나 이미 승패는 결정되었다.

제2장
권유

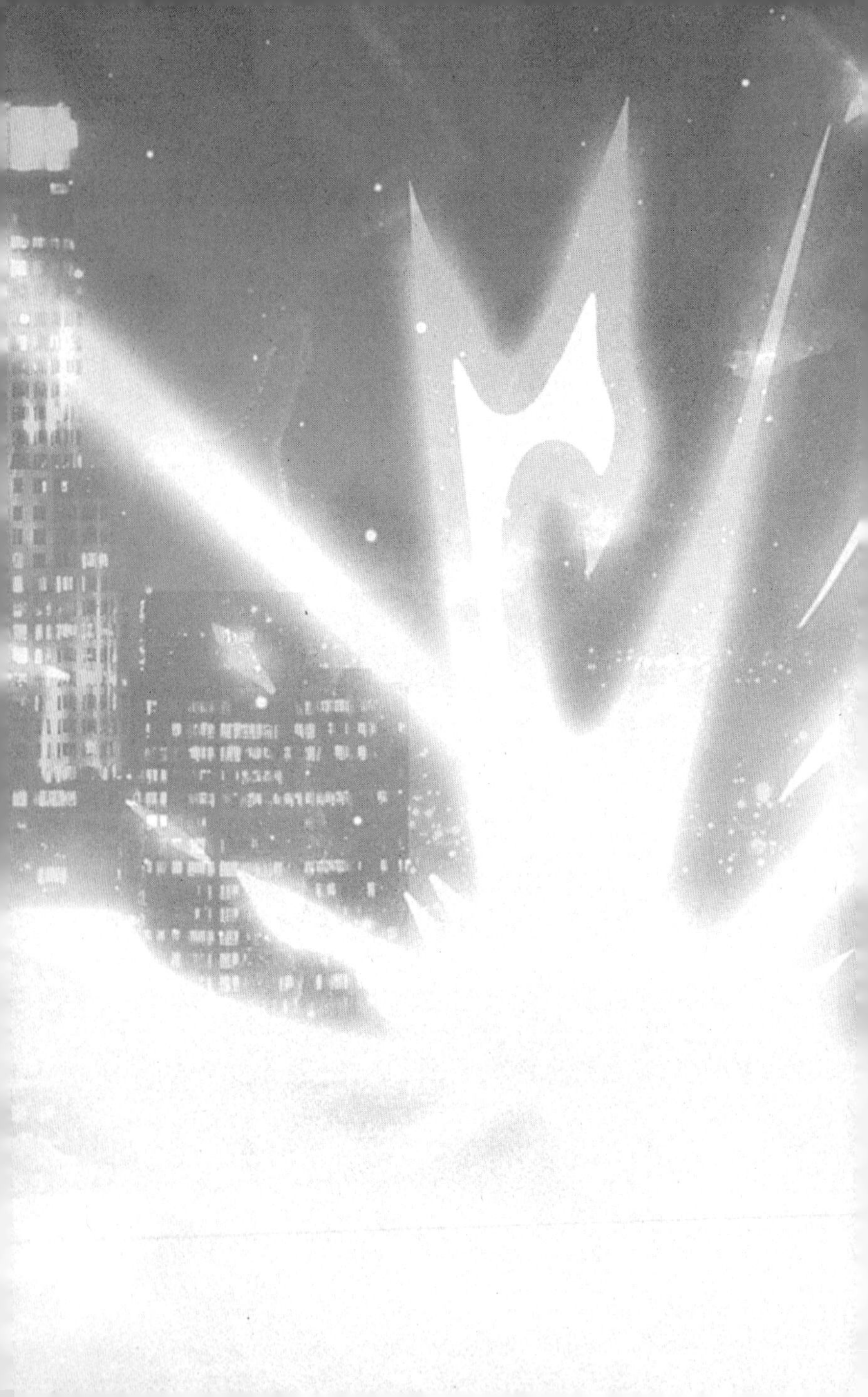

"제5회! 오버파워배 로인 이스 온라인 PvP 대회 개인전! 우승자는 바로… 강민허 선수입니다!!"

진행자의 우렁찬 함성 소리와 함께 참가자들의 박수 소리가 이어졌다.

숨은 고수라 불리는 실력 있는 아마추어들뿐만 아니라 성진성을 비롯해 결승에서 만났던 이청하까지.

2군 리그에서 맹활약 중인 준프로게이머들조차 강민허의 5레벨 캐릭터, 라울에게 무릎을 꿇어야 했다.

그가 보여준 무대는 말 그대로 경악 그 자체였다. 준프로들이 봐도 입이 떡 벌어지는 장면들이 즐비했다.

그것은 비단 선수들만 느낀 감정이 아니었다.

ESA의 수석 코치, 오진석도 마찬가지였다.

"야, 진성아."

"예, 코치님."

"저 녀석, 도대체 누구냐?"

"글쎄요. 알면 저도 이렇게 안달 나지 않았을 겁니다."

무명에게, 그것도 5레벨밖에 되지 않는 캐릭터에게 1차전에서 무참히 발려 버린 성진성. 이미 자존심이 상할 만큼 상해 버렸다.

하나 인정할 수밖에 없었다.

맹한 눈으로 우승 트로피와 더불어 상금을 전달받는 강민허의 실력을! 그의 재능은 진짜배기다. 성진성보다 한 단계 더 높은 프로게이머들에게서도 느끼지 못했던 벽을 강민허에게서 느끼고 말았다.

물론 그건 오진석도 마찬가지였다.

"닉네임이 뭐라고 했지?"

"라울… 이었을걸요?"

"라울, 라울이라… 들어본 적 없는 닉네임인데."

"그럴 수밖에요. 5레벨밖에 안 됐잖아요. 듣자하니, 캐릭터도 엊그제 만들었대요."

"허허, 거참……."

믿기 힘든 일이었다.

본캐가 있는 것도 아니고, 이틀 전에 만든 5레벨 캐릭터로 PC방 대회 우승이라니.

로인 이스 온라인은 대한민국이 거의 꽉 잡고 있다 해도 과언이 아니다. 게임 특화 민족이라는 말답게 로인 이스 온라인 상위권 랭크 순위에도 태극기의 숫자가 다른 나라 국기에 비해 압도적으로 많았다.

대한민국의 2군이 타 국가 1군 프로게이머 실력과 맞먹는다는 말이 돌 정도였다. 그런 곳에서 듣도 보도 못한 아마추어가 우승을 차지한 것이다.

"우승 소감 한번 들어볼까요?"

"……."

사회자가 마이크를 넘기자, 강민허의 표정이 굳어졌다.

그의 속마음은 이러했다.

빨리 상금이나 챙기고 집에 가고 싶다.

다른 이들은 몰랐겠지만, 강민허는 본인의 우승을 장담하고서 이곳까지 왔다. 그렇기에 지금의 이 수상은 어찌 보면 그의 오늘 하루 스케줄에 당연히 포함되어 있는 일이기도 했다.

"그냥 이불 속에 들어가서 자고 싶네요."

"하하하! 안락함이 느껴지는 수상 소감이군요. 다시 한번 오늘 우승을 차지한 강민허 선수에게 박수 부탁드리겠습니다!"

짝짝짝!!!

엄청난 박수 소리가 강민허의 귀를 강타했다.

비록 태도에는 문제가 있긴 하지만, 실력만큼은 확실하다.

그건 이 대회에 참가한 모두가 다 인정하는 바였다.

그렇기에 이런 박수갈채를 보내줄 수 있는 것이다.

게임의 세계는 냉정하다. 실력이 있는 자가 사람들의 동경 어린 눈빛과 관심을 받는다. 그건 프로들의 세계도 마찬가지다. 오로지 실력만으로 평가받는 이들의 세계는 한없이 차갑게 느껴질지 모르지만, 동시에 그 어떠한 곳보다도 공평하고 평등하다.

그렇기에 로인 이스 온라인에선 무명 취급을 받았던 강민허도 이들에게 박수를 받을 수 있는 것이다.

한편, 강민허를 유독 힘 있게 응시하던 오진석이 조심스럽게 품 안에서 무언가를 꺼내 들었다.

"가져오길 잘했네."

"무엇을 말입니까?"

"뻔하잖냐."

그의 품에서 나온 것은 한 장의 종이.

바로 오진석의 명함이었다.

*   *   *

강민허에게는 고된(?) 일정이 마무리되었다.

빠르게 오버파워 PC방 본점을 나서는 강민허.

대회 우승 상금뿐만 아니라 강민허의 마음에 드는 상품이 부가적으로 같이 배급되었다.

오버파워 PC방 1년 이용권.

"앞으로 공짜로 PC방 이용할 수 있는 건가."

본점뿐만 아니라 가맹점에서도 사용 가능하다고 하니, 이 얼마나 구미가 당기는 상품이란 말인가.

"내년에도 와서 우승하면 되겠네."

계속 이런 식으로 우승을 연달아 하다 보면, 평생 PC에 자기 돈 헌납할 일이 없어지게 되는 것이다.

그 생각에 미소가 절로 새겨졌다.

하나 그때였다.

"강민허 씨."

"……?"

누군가가 민허를 불러 세웠다.

이제야 벗어나나 싶었던 민허의 표정이 다시 한번 굳어졌다.

누가 감히 쉼터로 향하는 자신의 발걸음을 멈추게 만드는 가. 분노와 함께 여러 가지 감정들이 뒤섞이기 시작했다.

그의 속내를 아는지 모르는지 민허를 불러 세운 장본인, 오진석이 영업용 스마일을 지으며 그에게 천천히 다가왔다.

뒤에는 민허에게 1차전에서 무참히 짓밟혔던 2군 준프로, 성진성이 못마땅한 시선을 보내오고 있었다.

"강민허 씨 맞죠?"

"…네, 그렇습니다만."

"오늘 치렀던 경기, 잘 봤습니다! 1차전부터 관심 있게 지켜봤는데, 말 그대로 슈퍼 플레이의 연속이더라고요!"

강민허의 경기를 예선 1차전 때부터 지켜봤다는 말은 거짓말이다. 오진석이 대회장에 왔을 때에는 이미 강민허 VS 이청하의 경기가 시작되려 하고 있을 무렵이었다.

그래도 민허의 기분을 맞춰주기 위해선 어쩔 수 없이 선의의 거짓말을 해야 했다.

물론 선의라는 말은 오진석에게만 작용되는 것이지만 말이다.

"아, 네. 그러시군요."

별다른 감흥이 느껴지지 않는 강민허의 대답이었다.

그러나 오진석은 포기하지 않았다.

"저는 이런 사람이라고 합니다만……."

그가 명함을 받기도 전에 강민허의 입이 먼저 움직였다.

"프로 팀 관계자죠? 어느 팀입니까?"

명함을 확인하지도 않았는데 강민허는 오진석이 프로 팀 관계자라는 사실을 단번에 알아맞혔다.

사실 그에게 있어서 이런 상황은 한두 번이 아니었다.

알려지지 않은 일화지만, 트라이얼 파이트 7 프로게이머가 되기 전에 이미 여러 차례 권유를 받은 적이 있었다.

그때의 상황과 지금의 상황이 정확히 일치한다.

그래서 강민허도 어림잡아 오진석이 프로 팀 관계자라는 사실을 눈치챌 수 있었던 것이다.

순간 당황한 오진석이었으나, 질문의 내용이 심플하다는 점을 감안해 곧장 답변을 들려줬다.

"ESA입니다."

"ESA라면… 잠시만요."

스마트폰을 꺼내 곧장 검색을 시작하는 강민허였다.

사실 큰 실례가 될 수 있었다. 그래도 따질 건 따져야 하지 않겠는가. 물론 무엇을 따지려고 하는지에 대해선 아직까지 오진석도, 그리고 성진성도 정확히 알 수 없었다.

이윽고 그 궁금증이 강민허의 입을 통해 해결되었다.

"ESA 팀, 약하네요."

"그게……."

"3연속 프로 리그 꼴찌. 팀 창단 이후 최고 성적은 12개 팀 중 8위. 개인 리그에서도 우승자, 준우승자, 심지어 4강 이상 올라간 경력을 지닌 선수도 없고요."

"그, 그렇죠."

한마디로 약체 중에서도 약체다.

부정하기 힘든 이력이었다.

그래도 여기서는 어떻게든 ESA의 좋은 점을 어필해야 한다. 왜냐하면 이미 오진석의 눈에는 강민허밖에 들어오지 않았기 때문이다.

"비록 대회 성적은 좋지 않지만, 나름 장점도 많이 있습니다. 예를 들자면 밥이 맛있다든지, 팀 내 분위기가 화기애애하다든지……."

말끝을 흐리던 오진석이 크게 침을 꿀꺽 삼켰다.

사실 그렇게까지 큰 장점이라고 보긴 힘들었다. 그 사실을 오진석이 모를 리가 없다.

어차피 기왕 이렇게 된 거, 속 시원하게 질러 버리는 편이 더 좋을지도 몰랐다.

"단도직입적으로 말씀드리겠습니다. 입단 테스트 한번 보실 생각 없습니까?"

"ESA에서요?"

"네!"

"없습니다."

단칼에 거절당했다.

하기야 얼추 낌새가 느껴지긴 했었다. ESA의 이력을 찾아볼 때부터 강민허로부터 오케이 사인을 받기란 여간 쉽지 않을 거란 예상은 들긴 했다.

그러나 설마 이렇게 단호히 거절할 줄이야.

"거봐요, 코치님. 제가 뭐라고 했습니까? 저 녀석, 저희는 안중에도 없을 거예요."

성진성도 한마디 거들었다.

실력적인 부분에 대해서는 강민허를 높게 산다. 그러나 애초에 이들과 함께할 생각이 없다면, 더 이상의 협상은 필요치 않다.

그것이 성진성의 생각이었다.

그러나 오진석은 달랐다.

"혹시 입단하고 싶은 팀이 있습니까?"

"정해둔 건 없고… 조건은 하나 있네요."

"조건? 그게 뭡니까?"

"이레이저 나인과 동등하게 맞붙을 수 있는 팀이요."

"이레이저 나인……!"

오진석의 표정이 굳어졌다.

이레이저 나인은 개인, 프로 리그를 불문하고 모든 부분에서 탑을 차지하고 있는 최강의 로인 이스 온라인 프로 팀이다.

프로 리그 우승만 5관왕. 준우승만 3번을 한 괴물 같은 팀을 상대로 제대로 맞붙을 수 있는 팀이 과연 몇이나 될까?

적어도 지금의 ESA는 아니다.

"왜 하필이면 그런 팀을……."

"마음에 안 드는 녀석이 있거든요. 그 녀석을 어떻게 해서든 제 발밑으로 끌어내리고 싶습니다."

"그게 혹시… 도백필 선수입니까?"

"네."

"……!"

도진석의 얼굴에 다시금 경악이 물들었다.

이레이저 나인의 도백필 선수. 그는 로인 이스 온라인 불변의 1인자다.

무명의 아마추어가 어떻게 그를 상대로 승리를 장담할 수 있단 말인가. 기가 막히고 코가 막힐 노릇이었다.

하나 오진석은 가능성을 봤다.

어쩌면…….

정말 어쩌면, 강민허는 해낼지도 모른다! 천부적인 재능과 피지컬을 지닌 그를 어떻게 해서든 데려와야 한다!

"알겠습니다. 그래도 혹시 나중에라도 생각이 바뀐다면, 부디 꼭 명함에 적혀 있는 제 번호로 연락주시기 바랍니다. 기다리고 있겠습니다."

"생각해 볼게요."

명함을 주머니 속에 꾹 넣은 뒤 제 갈 길을 가기 시작하는 강민허.

하루 종일 경기를 치르느라 그런 것일까.

오늘따라 유독 그의 어깨가 축 처져 있는 것 같았다.

＊　　　　＊　　　　＊

"ESA란 말이지……."

사실 강민허도 알고 있었다.

현존하는 11개의 프로 팀 중 이레이저 나인과 맞붙어 동등하게 싸울 수 있는 프로 팀이 어디에 있을까?

그만큼 독주 체제를 굳건하게 굳히고 있는 팀이 바로 이레이저 나인이다.

비단 ESA뿐만이 아니다.

다른 팀들도 이레이저 나인이라면 맥을 못 춘다.

그렇다고 이레이저 나인에 입단하면, 도백필과 맞붙을 수 없다.

개인 리그가 있다곤 하지만, 같은 팀 소속 선수들끼리는 가급적이면 조 편성 때 웬만해선 피하게끔 하는 것이 선수들 사이에서도 암묵적으로 정해진 룰이다.

"골치 아프구만."

여러모로 생각할 게 많다.

도백필을 쓰러뜨리고 로인 이스 온라인의 최강자가 된다.

자존심 문제도 있지만, 부가적인 이유도 있다.

트라이얼 파이트 7에 비해 상금 규모가 어마어마하다.

기왕 전향한 김에 자신이 좀 더 분발한다면…….

"그 상금으로 고아원 애들 양육비 정도는 충당할 수 있겠지."

강민허의 어깨에는 게이머로서에 대한 자존심만 걸려 있는게 아니었다. 생계를 책임져야 하는 가장으로서의 무게감도같이 걸려 있었다.

"감독님!!!"

이른 아침부터 매섭게 울려대는 오진석의 목소리.

원래부터 시끄러운 분위기가 발생할 때마다 적지 않은 지분을 가져가는 오진석 코치지만, 오늘따라 유독 볼륨이 컸다.

"아침부터 웬 호들갑이냐."

짜증 섞인 한마디로 대응하는 남자.

그가 바로 ESA 팀을 이끄는 사령탑, 허태균 감독이다.

덥수룩한 수염을 벅벅 매만지던 허태균이 한눈에 봐도 수

면이 부족해 보이는 인상으로 오진석을 쳐다봤다.

"아침부터 꽥꽥 소리 지를 거면, 나가서 좋은 선수라도 영입해 와라. 그게 훨씬 더 도움될 테니까."

"안 그래도 감독님께서 원하시는 인재를 찾아 왔습니다!"

"…뭐?"

순간 허태균의 귀가 쫑긋 움직였다.

ESA가 프로 팀 중에서도 약체라는 평가를 받는 이유는 여러 가지가 있었다.

무엇보다도 가장 큰 건 바로 라인업이 부실하다는 점이다.

프로 리그의 경우에는 3 대 3 팀전으로 이뤄진다. 이건 1군도, 그리고 2군도 마찬가지다.

주력 멤버 3명만으로 높은 승률을 이어갈 수는 없다. 제아무리 강한 선수라 하더라도 MMORPG라는 장르를 지닌 게임의 PvP 대전 형식인 이상, 플레이 스타일이라든지 이런 건 결국 고정될 수밖에 없다.

아무리 능력 있는 선수라 하더라도 계속해서 경기를 내보내다 보면 분석의 기회를 주게 마련이다. 그 분석 수치가 100%를 달성하게 되는 순간, 날고 기던 에이스도 한순간에 나락으로 떨어질 수 있다.

전략의 변화를 줄 수 있는 가장 단순하면서도 확실한 방법은 출전 멤버 로테이션을 주기적으로 돌리는 것이다. 그러기 위해서라도 실력이 뛰어난 게이머들을 다수 데리고 있어야 한다.

ESA 1군 멤버는 고작해야 5명이 전부다. 2군 멤버는 7명 정도 되긴 하지만, 아직 1군에서 활약하기에는 부족한 연습생, 혹은 준프로 신분에 불과하다.

이들을 데리고 프로 리그에 나갈 순 없다.

그렇다고 다른 프로 팀에서 스카우트를 해오기도 사실상 힘들다. 경기 성적이 좋지 않아 스폰서로부터 눈칫밥을 먹는데, 선수 데려오겠다고 스폰서에게 돈 더 달라는 말을 어떻게 하겠는가.

현실적으로 불가능한 일이다.

그렇기에 더더욱 인력 물색에 목을 맬 수밖에 없었다.

급격하게 관심을 보이기 시작한 허태균 감독이 좀 더 상세한 질문을 꺼내기 시작했다.

"누군데. 어디서 활동하던 선수야?"

"프로는 아니고요. 닉네임은 '라울'이라고 합니다."

"프로가 아니야?"

게다가 닉네임도 처음 들어본다.

차라리 아마추어 랭커라면 그나마 기대라도 좀 해볼 수 있을지도 모르지만, 라울이라는 닉네임을 쓰는 게이머는 듣도 보도 못했다.

혹시 몰라서 랭커 검색 사이트까지 접속해 라울이라는 닉네임을 찾아보기까지 했다.

그러자…….

"뭐?! 만렙도 아니고 5레벨이라고?! 오 코치, 지금 나랑 장난하자는 거야?!"

레벨 5. 격투가 클래스, 라울.

이 문구를 보자마자 허태균의 혈압이 기하급수적으로 상승했다. 어이가 없었다. 감독의 입장에선 오늘이 만우절이 아닌가 확인까지 해봐야 하나라는 생각이 들 정도였다.

하나 오진석은 진심이었다.

"일단 진정하시고 제 말 좀 들어보세요, 감독님. 어제 뭐가 있었냐면요……."

"오버파워 PC방 대회 있었잖냐. 그거 때문에 내가 어제 널 그쪽으로 보낸 거고."

"네! 거기서 본 녀석인데, 진짜 괴물이 따로 없다니까요!"

"…설마."

허태균 감독의 시선이 선수들이 모여 있는 연습실 쪽으로 향했다.

그러더니 한층 목소리를 낮췄다.

"진성이 녀석을 1차전에서 제대로 발랐다는 그 아마추어냐?"

"맞습니다."

"허, 참… 그게 거짓이 아니었다니."

안 그래도 성진성 또한 허태균 감독에게 이런 말을 했다.

1차전에서 레벨 5 캐릭터로 출전한 아마추어에게 탈락의 고배를 마시게 되었다고 말이다.

처음 허태균 감독이 그 말을 들었을 때에는 성진성이 본인한테 웃자고 하는 소리인 줄 알았다. 탈락의 아픔이 어느 정도 남아 있어서 조크로 승화시킨 건 아닐까 하는 생각도 했었다.

그러나 그것이 실제로 벌어진 것이다.

"아무리 그래도 그렇지, 레벨 5짜리 캐릭터로 어떻게 진성이를… 혹시 핵 쓰거나 그러진 않았겠지?"

"주최 측에서도 의심했었는데, 핵은 아닌 것으로 판명 났습니다. 실제로 뒤에서 감시자들이 수십 명이 달라붙어 있었으니까요."

"하긴, 공개된 장소에서 대놓고 핵을 사용하는 그런 바보 같은 놈은 없을 테니까. 그 녀석, 이름이 뭐냐?"

"강민허라고 합니다."

"강민허……?"

순간 허태균 감독의 표정이 굳어지기 시작했다.

어디선가 들어본 것 같았다.

결코 낯설지 않은 이름에 허태균 감독이 의자에 몸을 묻은 채 생각에 잠겼다.

"강민허라… 분명 어디선가……."

자세히는 알지 못한다.

그러나 스쳐 지나가며 들었던 기억이 난다.

다시 의자를 돌려 모니터에 시선을 고정시킨 허태균 감독이 빠르게 마우스를 움직였다.

이윽고…….

"그럴 줄 알았어. 역시!"

"왜 그러십니까? 감독님."

"네가 찾아냈다던 그 괴물 같은 신인, 사실은 아마추어 아니다."

"그게 무슨……."

"이거 봐라."

허태균이 손으로 모니터에 띄워져 있는 e스포츠 관련 기사문을 가리켰다.

조심스럽게 다가가 기사를 읽기 시작하는 오진석.

머지않아 그의 입에서 깊은 탄식이 흘러나왔다.

"트라이얼 파이트 7 세계 챔피언… 강민허?!"

신인이라 생각했던 아마추어의 정체는 이미 세계를 정복한 탑급 프로게이머였다.

　　　　　*　　　・　　　*　　　　　　*

　오랜만에 보육원을 찾은 강민허의 표정은 한결 편안해 보였다.

　어렸을 적, 부모님으로부터 버림을 받은 뒤 이곳 보육원에서 원장의 손에 커온 강민허.

　지금도 15명의 어린아이들이 갈 곳을 잃은 채 머무르고 있지만, 최근에는 자금난에 시달리고 있었다.

　자신과 같은 처지의 아이들을 위해서 조금이라도 보육원에 보탬이 되어야겠다는 일념하에 진출한 프로게이머의 세계.

　그의 손에는 두툼한 현금 봉투가 들려 있었다.

　문을 열고 천천히 안으로 들어서자, 현관문에서 놀고 있던 두 명의 어린아이들이 강민허를 발견했다.

　"아! 민허 오빠!"

　"민허 형이다!"

　"날도 추운데 현관에서 뭐 하고 있어. 그러다가 감기 걸린다."

　"괜찮아! 이미 걸렸으니까."

　"그러면 더 조심해야지."

결국 두 아이를 직접 안아 든 후에 거실로 향했다.

감기가 걸린 와중에도 아이들은 민허의 어깨에 실린 채 뭐가 그리 좋은 모양인지 '비행기다, 비행기!'라고 외치며 기쁨의 허우적거림을 선보였다.

민허가 왔다는 소리를 듣자마자 거실에서 TV 시청을 하고 있던 다수의 아이들이 우르르 몰려나왔다.

"민허 형! 나도 안아줘!"

"나도, 나도!"

"알았어. 알았으니까 일단 좀 조용히 해라."

멋쩍은 표정으로 애들을 진정시키는 강민허였다.

보육원에서 자라온 그였지만, 애들 다루는 데에는 그리 능숙하지 않았다.

애들은 강민허보다 다른 이를 더 잘 따랐다.

"민허 오빠, 언제 왔어? 오면 온다고 연락이라도 미리 해주지."

"귀찮게 연락은 무슨."

앞치마와 빨간 고무장갑을 착용한 젊은 여성이 가벼운 한숨을 내쉬었다.

민허와 함께 보육원에서 자라온 윤민아. 그보다 한 살 어린 24살이다. 본래대로라면 대학에 진학했어야 하지만, 이들을 길러준 오연복 원장의 건강 상태가 갈수록 악화되고 있는 추

세웠기에 윤민아가 대학 진학을 미뤄두고 대신 보육원을 책임지고 있는 중이었다.

"원장님은?"

"약 먹고 잠시 누워 계셔."

"그래? …그리고 이 녀석들, 감기 걸렸는데 현관문에서 놀고 있더라. 약 먹이고 후딱 재워."

"어머, 정말?! 안 보인다 싶더니 언제 거기로 갔대?"

15명이나 되다 보니 윤민아 혼자서 완벽하게 아이들을 챙기기에는 다소 역부족이었다.

게다가 집안일도 해야 하니, 여러모로 힘이 드는 게 현실이었다.

그러기 위해서라도 민허가 좀 더 노력을 해야 했다.

똑똑.

가벼운 노크 소리와 함께 민허가 방문을 열자 누운 채로 TV를 시청하고 있는 고령의 여성, 오연복 원장이 곧장 반응을 보였다.

"민허 왔냐."

"예, 원장님. 몸은 좀 어때요?"

"나쁘지 않구나. 곧 다시 움직일 수 있을 게야."

"무리하지 마세요. 병원에서도 최대한 쉬라고 하셨잖아요."

원장의 곁에 자리 잡은 민허가 슬그머니 돈 봉투를 내밀었다.

"이거, 받으세요."

"…됐다. 니가 돈 안 줘도 보육원은 나 혼자만으로도 충분히……."

"힘드시잖아요. 그냥 모른 척하고 받으세요. 애들 초등학교도 보내야 하고, 돈 필요할 곳 많을 거예요."

"……."

"전 걱정 마시고요. 돈 잘 버는 직장에 들어갔으니까요. 저번에도 말씀드렸죠?"

"그렇긴 하다만……."

그가 건네준 돈 봉투의 정체는 얼마 전에 오버파워 PC방 대회에서 우승했던 상금이었다.

원장에게는 프로게이머로 활동한 내역에 대해 말해준 적이 없었다.

애초에 말할 생각도, 그리고 필요도 느끼지 못했다. 연세가 70대시니, 로인 이스 온라인이라는 게임이 뭐고, 프로게이머가 뭐고 하는 것들을 모르는 게 당연했기 때문이다.

그래서 그냥 강민허 본인이 설명하기 편하게, 외국계 대기업 다닌다는 말로 둘러댔다.

"돈도 전해줬으니, 그럼 이만 가볼게요."

"저녁이라도 먹고 가지 그러냐."

"바빠요. PC방 대회… 가 아니라, 프로젝트가 하나 더 있거든요. 그거 완성하려면 주말에도 나가서 일해야 해요."

미련 없이 곧장 자리를 떠나는 민허에게 오연복 원장이 애써 미안함을 감추며 말했다.

"너무 무리하진 말거라."

잠시 걸음을 멈춘 민허가 쓴웃음을 지었다.

"걱정하지 마세요."

*　　　*　　　*

"그럼 먼저 갈게."

"나중에 올 때는 꼭 연락 먼저 하고 와."

"기억해 두고 있을게."

보육원을 나온 강민허의 다음 일정은 간단했다.

로인 이스 온라인에 접속해 게임을 연구한다.

격투 게임의 경우에는 정해진 스타일을 지닌 캐릭터를 얼마만큼 능수능란하게 다루느냐의 싸움으로 끝이 난다. 그러나 로인 이스 온라인은 다르다. 장르가 장르인 만큼 이 게임의 경우에는 스탯에 따라, 스킬에 따라, 그리고 착용한 장비에 따라 그 성능이 천차만별로 달라진다.

강민허가 생각하는 최고의 캐릭터는 바로 트라이얼 파이트 7의 캐릭터, 라울을 완벽하게 구현해 내는 것. 그러나 로인 이스 온라인의 라울은 아직 완성도가 떨어진다.

그가 생각하는 현재의 완성도는 기껏해야 70% 정도. 라울의 움직임을 100% 완벽하게 구현하려면 다른 방법이 필요하다.

애초에 로인 이스 온라인은 레벨이 오르면 스탯 포인트를 주는 게 아닌, 스탯을 올리면 레벨이 올라가는 시스템을 채용하고 있었다.

1렙부터 시작해서 만렙인 70렙까지 올릴 수 있는 스탯은 총 70 포인트. 레벨을 올려 스탯을 키우는 것도 가능하지만, 그렇게 되면 능력치는 상승할지언정 라울의 움직임에 멀어지게 된다.

강민허가 원하는 건 라울을 완벽하게 구현하는 것이지, 캐릭터 스탯과 레벨을 최고치로 올리려는 게 아니다.

스탯과 스킬은 더 이상 필요가 없었다. 그 말은 즉, 레벨을 올릴 이유가 없다는 뜻과 마찬가지였다.

"스탯, 스킬 말고 다른 방법을 찾는다면… 역시 아이템밖에 없나."

로인 이스 온라인에 존재하는 아이템 목록들을 면밀히 살펴볼 필요가 있다. 어차피 레벨 제한 없이 아무 장비나 착용 가능한 게 로인 이스 온라인이기에 딱히 레벨은 신경 쓰지 않아도 됐다.

"할 게 많구만."

막 코너를 돌 무렵.

익숙한 남자의 목소리가 그의 걸음을 붙잡았다.

"강민허, 오랜만이다."

"…감독님?"

트라이얼 파이트 7 프로게이머로 활동할 당시, 강민허가 속해 있던 프로 게임단의 감독인 남자, 이성현.

그가 간만에 강민허를 찾았다.

강민허라는 거물을 발굴해 낸 이성현 감독.

대한민국 프로게이머 역사상 최초로 트라이얼 파이트 7이라는 장르에서 세계 우승을 차지한 탑급 프로게이머, 강민허가 로인 이스 온라인으로 전향하고 나서부터 그의 고심은 갈수록 심해졌다.

"그 녀석, 그냥 얌전히 트라이얼만 하면 될 것을, 왜 고생을 사서 하는 거람……."

사실 어렴풋이나마 알고는 있었다.

강민허가 왜 트라이얼 파이트 7을 버리고 로인 이스 온라인 프로게이머로 전향하게 되었는지.

두 가지 이유가 있다.

첫 번째는 바로 돈이다.

상금 규모도 급이 다르다. 로인 이스 온라인은 모든 게임 장르를 불문하고 가장 인기 있는 게임 1위를 굳건히 지키고 있다. 그만큼 대회도 빈번히 열리고, 프로게이머들도 많다.

강민허가 보육원 출신이라는 것도, 그리고 보육원의 생계를 책임지고 있다는 것도 잘 알고 있다.

아이들이 커갈수록 보다 더 많은 돈이 필요하다. 제아무리 트라이얼 파이트 7으로 세계를 정복한 강민허라 하더라도 그 상금으로 15명의 아이들을 먹여 살리기에는 부족함이 많다.

그래서 일부러 상금 규모가 큰 로인 이스 온라인으로 전향한 것이다.

그리고 두 번째.

게임에 대한 자존심이다.

강민허는 유독 게임이라는 분야에서만큼은 자존심이 강한 남자다. 그런 그가 어느 날, 한 명의 프로게이머에게 도발을 당했다.

도백필. 로인 이스 온라인의 최강자라 불리는 남자.

직접적으로 도발을 받은 건 아니지만, 도백필은 본인이 세계에서 가장 잘나가는 게임에서 넘버원을 차지하고 있으니, 그가 최고라는 말을 스스럼없이 했다.

그것을 보고 나서부터 강민허는 줄곧 도백필에 관한 이야기를 꺼내곤 했었다.

언젠가는 네놈의 코를 납작하게 눌러주마.

그것이 강민허의 목표였다.

그래서 그는 스나이퍼가 되기로 했다.

도백필을 저격하기 위한 스나이퍼!

"아무리 그래도 그렇지… 어떻게 세계 대회 우승하자마자 인터뷰로 은퇴하겠다는 말을 다 꺼내냐. 진짜 기도 안 차네."

한숨을 푹 내쉬며 담배 한 대를 더 피우려던 때였다.

매섭게 울리는 스마트폰이 잠시 그의 행동을 정지시켰다.

"여보세요."

─성현이냐? 나다. 허태균.

"니가 웬일이냐? 전화를 다 하고."

로인 이스 온라인 ESA 팀의 감독을 맡고 있는 허태균.

그는 이성현 감독과 절친이기도 했다.

─너한테 한 가지 물어볼 게 있어서.

"뭔데."

─혹시 강민허라는 선수, 아냐?

"뭐? 강민허?!"

그 이름 세 글자만 들으면 자다가도 벌떡 일어나곤 했다.

"모를 리가 있냐. 우리 팀 주전 멤버였는데."

─역시 그랬구만… 그럼 은퇴했다는 것도 사실이냐.

"그것 때문에 지금 골치 아파 죽겠다. 어떻게든 설득해야 하는데……"

말은 그렇게 하지만, 사실 설득 가능성은 제로다.

좀 더 많은 연봉을 주면 그만이지만, 스폰서가 그것을 허락해 줄지도 미지수였다.

"근데 민허 녀석은 왜."

—아니… 진석이가 자꾸 입단 테스트 보게 하자고 졸알대서 말이다.

"입단 테스트? 그러고 보니 그 녀석, PC방 대회 나가느니 뭐니 하곤 했었던 거 같은데."

—그거, 우승했더라. 그것도 준프로를 상대로.

"허허, 거참……."

그럴 줄 알았다.

강민허는 게임에서만큼은 누구에게도 지고 싶지 않아하는 승부욕이 있다. 그의 성격이라면, '경험 좀 쌓는 셈 치고~'라는 마음가짐으로 대회에 참가하진 않았을 것이다.

목표는 우승이다. 그리고 그것이 실제로 일어났다.

'하여튼 정말 대단한 녀석이라니까.'

섭섭함도 느껴지긴 했지만, 그렇다고 이성현 감독이 민허의 앞길에 초를 칠 수는 없었다.

그는 그의 인생을 살고 있다.

정하는 것도 강민허 자신이다.

"그래서 전화한 목적이 뭔데."

─우리 팀에 입단 테스트 볼 수 있게끔 협력 좀 해줘라.

"전향한 지 얼마 되지도 않은 애잖아."

─그 얼마 안 되는 기간에 오버파워 PC방 대회 나가서 우승할 정도면 분명 가능성은 있다는 뜻이니까.

"너도 감독은 감독이구나."

─피차 잘 알면서.

"하긴, 그렇지."

서로가 서로에 대해 너무 잘 안다.

그렇기에 대놓고 '안 된다'라고 말할 수도 없었다.

"알았다. 대신, 확신은 못 한다. 그 녀석, 완전 황소고집이거든."

마지못해 협력하기로 결정한 이성현 감독이 곧장 어디론가 급하게 걸음을 옮겼다.

목표는 바로……

강민허가 자랐던 보육원이다.

*   *   *

"어서 오세요!"

"두 명이요."

"자리 안내해 드리겠습니다!"

종업원의 뒤를 따라 장소를 이동하는 강민허와 이성현 감독.

의자에 앉자마자 민허가 의구심이 가득한 눈빛을 쏘아 보냈다.

"감독님이 왜 여기 계신 겁니까."

"얌마. 나는 보육원 가면 안 되냐?"

이성현 감독도 오연복 원장과 얼굴 정도는 익히고 있는 사이였다.

거짓 설정상으론 민허가 부하 직원, 그리고 이성현 감독이 직장 상사를 맡고 있었다.

"네 거짓말에 어울려 주느라 얼마나 노심초사했는데. 나 알지? 거짓말 능숙하게 못하는 성격이라는 거."

"덕분에 몇 번 들통날 뻔한 적 있었잖아요."

"그래도 안 들켰으니 된 거 아니냐. 자, 일단 마셔라. 오늘 술, 괜찮지?"

"저는 괜찮지만 감독님은요. 운전하고 오신 거 아닙니까?"

"택시 타고 왔으니 괜찮다. 그리고 어차피 내가 사는 거니까 부담없이 마셔."

"그렇다면야 뭐… 알겠습니다."

호의는 받아주는 게 인지상정 아니겠는가.

술을 엄청 좋아하거나 하는 편은 아니지만, 그래도 오랜만에 이성현 감독의 얼굴도 보니 옛날 생각도 나곤 했다.

이런 식으로 둘이서 자주 술을 마시곤 했었다.

특히나 큰 대회가 있었을 때에는 그 횟수가 더 많았다. 강민허가 이성현이 이끄는 프로 팀에 합류한 이후부터 기쁨의 술자리를 가질 날이 부쩍 많아졌기 때문이다.

국내에서는 트라이얼 파이트 7을 다루는 대회가 거의 없다시피 하지만, 그래도 세계 대회는 꽤 있는 편이었다.

우리나라에 자주 소개되지 못할 뿐이지, 찾아보면 괜찮은 규모의 대회도 몇몇 있었다.

대회에 나갈 때마다 최소 준우승 이상의 성적을 거뒀던 강민허였기에 이성현은 그가 은퇴를 선언했어도 차마 놓아줄 수가 없었다.

강민허라면 분명 세계 제일의 대전 액션 프로게이머가 될 수 있으리라.

이미 격투 게임 관련 전문가들은 강민허를 최고로 인정하고 있었다. 그럼에도 불구하고 강민허는 안정적인 장래를 포기하고 새로운 분야에 도전장을 던졌다.

격투 게임 세계 챔피언, 강민허의 MMORPG 도전기.

그 끝이 어떻게 맺어질지에 대해선 이성현 감독도 확신할 수 없었다.

"로인 이스 온라인, 할 만하냐."

"네. 어느 정도요."

"그러냐."

민허의 대답을 듣고서 다시금 소주를 들이켰다.

이후, 잔을 내려놓고 재차 입을 열었다.

"소식, 들었다. 얼마 전에 오버파워 PC방 대회에서 우승했다며?"

"소문 빠르네요."

"실은 태균이한테 들었다. 넌 아마 모르겠지만, ESA 팀 감독이다."

"ESA라면……."

"너한테 스카우트 제의했던 그곳."

"감독님도 알고 계셨군요."

"태균이한테 이미 다 들었으니까."

말없이 이성현 감독을 응시하던 민허 또한 소주를 들이켰다.

술을 전혀 못하는 것도 아니었기에 딱히 거부감이 들거나 하진 않았다.

다만, 오늘의 술은 유독 쓰게 느껴졌다.

볶음김치 한 조각을 안주 삼아 목구멍으로 넘긴 민허가 슬며시 물었다.

"그 허태균 감독이라는 분한테 저를 ESA 입단 테스트 받으러 오게끔 하라고 설득해 달라는 부탁이라도 받았나요?"

"어."

"솔직한 답변, 감사합니다."

"새삼스럽게 뭘. 내 스타일, 너도 잘 알잖아?"

"하긴, 감독님은 예전부터 스트레이트였죠."

그의 이런 스타일이 싫진 않았다.

오히려 민허 입장에선 좋았다. 현재 자신의 입장이, 그리고 구단의 입장이 어떠한 위치에 속해 있는지 여과 없이 손쉽게 알 수 있었으니 말이다.

"뭐, 사실은 태균이 말을 들어주는 척하면서 그것을 빌미로 오랜만에 네 얼굴 만나러 온 거다."

"꼬시러 온 게 아니라요?"

"얌마. 그쪽이 잘 되든 말든 나랑 크게 상관 없잖냐. 우리 구단이 로인 이스 온라인 팀을 가지고 있는 것도 아니고. 다른 게임이라면 모르겠지만."

연거푸 술잔을 기울이던 이성현 감독이 살짝 달아오른 얼굴로 말했다.

"결정은 어차피 니가 하는 거잖냐. 예전부터 그래왔고, 앞으로도 그럴 테고. 그러니 너한테 ESA에 들어가란 강요는 안 할 거다."

"고맙습니다, 감독님."

"해준 것도 없는데 고맙다는 말을 다 하는구나, 녀석도 참."

이성현 감독에게 많은 신세를 졌던 강민허였기에 미안한 감정을 완벽히 지울 수 없었다.

계속 트라이얼 파이트 7 프로게이머로 남아 있었다면, 강민허는 꽤나 유명세를 탔을지도 모른다.

하나 로인 이스 온라인의 규모가 너무 탐이 났다.

상금 규모도 그렇고, 프로게이머들을 향한 대우도 그렇고.

"…아까 얼핏 보니까, 애들도 꽤 컸더라. 돈도 많이 필요할 테지."

이성현 감독의 말에 민허의 눈동자가 살짝 흔들렸다.

그 변화를 눈치챈 이성현 감독이 재차 말을 이어갔다.

"나도 다 안다. 돈이 더 필요해질 거라고. 하긴, 트라이얼 파이트 7이 로인 이스 온라인에 비해 상금 규모가 작은 건 부정할 수 없지."

"……."

"더 이상 붙잡지 않으마. 대신, 나랑 한 가지만 약속해라."

"무슨 약속이요?"

"그곳에서도 '세계 최고'가 되어라."

이미 한 번 세계를 재패한 강민허지만, 로인 이스 온라인에선 이름도 알려지지 않은 무명이었다.

그가 가야 할 길은 아직 많고, 높다.

하나 큰 불안감은 없었다.

강민허. 그는 게임 내에선 최고가 될 자신이 있었으니까.

"물론이죠."

강민허의 확신 어린 대답을 듣고 나서 그제야 이성현 감독의 얼굴에 미소가 새겨졌다.

아쉬움도 많이 남지만, 그래도 민허의 앞길을 위해서 축복을 빌어주는 이성현 감독의 모습은 인상적으로 다가올 수밖에 없었다.

그에게 조금이나마 보답하고 싶었다.

"감독님."

"또 왜. 다시 트라이얼 파이트 하게?"

"아니요. 그냥 궁금한 게 있어서요."

"뭔데."

"허태균 감독이라는 분, 괜찮은 사람인가요?"

"나쁜 녀석은 아니지."

"그렇군요."

허태균 감독과 오랫동안 알고 지내왔던 그의 말이라면 믿을 만했다.

골똘히 생각에 잠기기 시작하더니, 이내 이성현 감독에게 의미심장한 말을 들려줬다.

"조만간 허태균 감독에게 고맙다는 말, 듣게 해드릴게요."

"너, 설마……."

"그 설마입니다."

로인 이스 온라인 프로게이머로 활동하게 될 민허의 첫 단추가 드디어 제자리를 찾은 듯했다.

*　　　*　　　*

다음 날 오전.

ESA 숙소에 어느 젊은 남자가 방문을 했다.

그것도 술 냄새를 풀풀 풍기고서 말이다.

당혹감에 빠져든 허태균 감독과 오진석 수석 코치 앞에 당당히 마주 선 남자가 간략하게 자신을 소개했다.

"안녕하세요. 강민허입니다."

어제저녁. 늦은 시간까지 이성현 감독과 술잔을 기울이던 강민허가 입꼬리를 말아 올리며 두 사람을 향해 이렇게 말했다.

"입단 테스트 보러 왔습니다."

제3장
입단 테스트

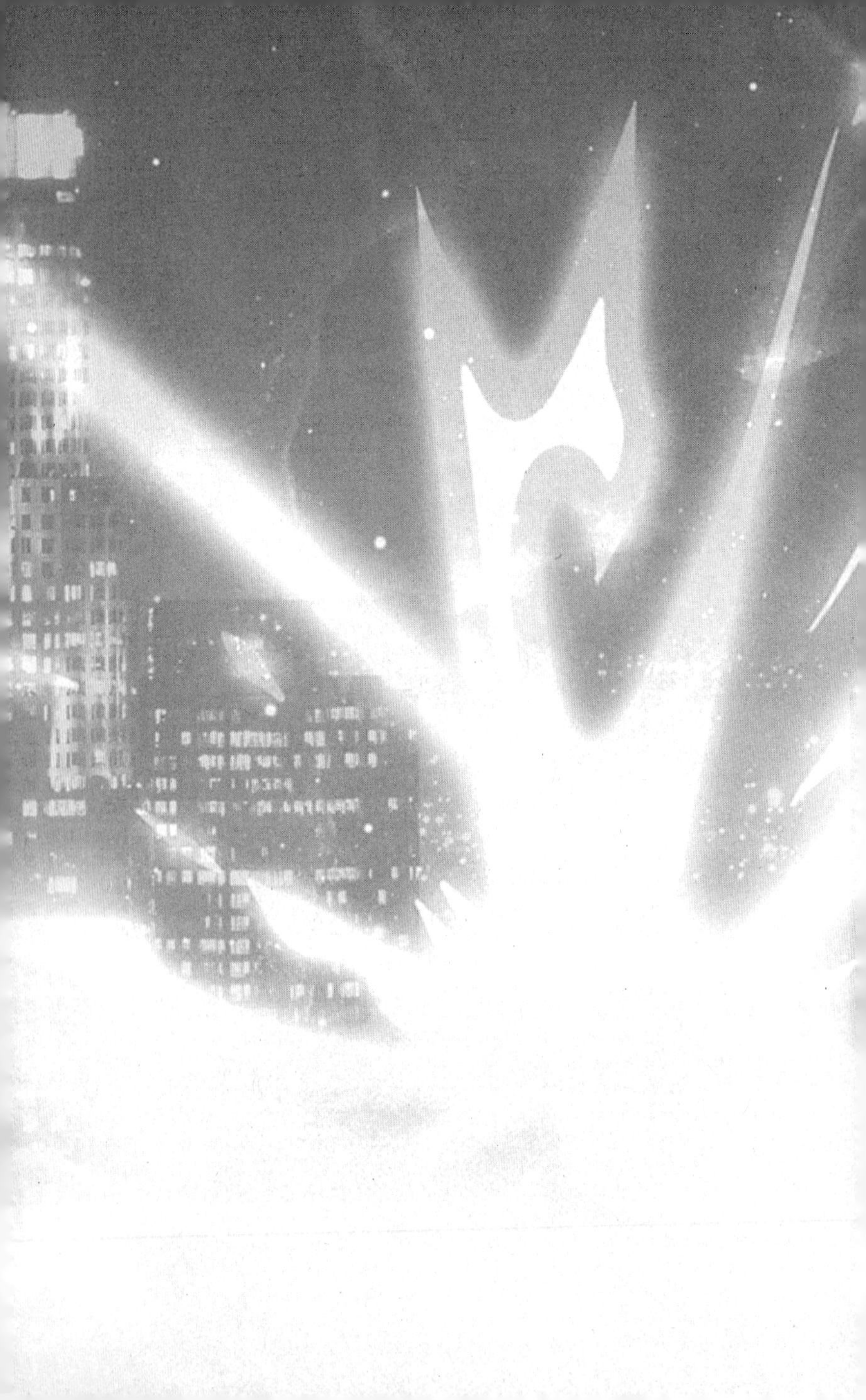

갑작스러운 민허의 방문.

그러나 그가 이곳 숙소까지 찾아오게 된 경위는 따지고 보면 다 ESA 측에서 먼저 제의를 한 탓이었다.

오진석 수석 코치의 입단 테스트 제의 때문에 이곳까지 직접 오게 된 것이다.

"오 코치. 이 사람이 그……"

"네, 맞습니다."

말이 끝을 맞이하기도 전에 짧은 대답으로 일축하는 오진석 코치였다.

허태균도 이미 강민허를 알고 있는 여러 지인들로부터 그의 정보를 많이 접했다.

그러나 보기와는 다르게 의외로 꽤 평범해 보였다.

발부터 시작해서 머리끝까지.

민허를 쭉 스캔하듯 바라보는 그의 시선이 노골적으로 느껴진 탓일까.

"오늘 날씨가 좀 춥던데, 안으로 들어가서 이야기하면 안 될까요?"

민허의 당돌한 발언에 허태균 감독이 아차 싶은 표정을 지었다. 비록 상대가 입단 테스트를 받으러 온 아마추어 프로게이머라고 한들, 먼저 초대한 쪽은 ESA이다. 그런 상대를 계속 현관문 바깥에 세워두는 건 예의가 아니었다.

"아, 이런. 미안합니다. 어서 들어오시죠."

"전 커피 타 오겠습니다."

"부탁할게, 오 코치."

"네!"

오진석 코치가 빠르게 부엌 쪽으로 향했다.

그를 대신해 허태균 감독이 민허를 이끌었다.

"저를 따라오세요."

신발을 벗은 뒤 그를 따라 걷던 강민허의 시선이 연습실로 사용되는 안방 쪽으로 향했다.

큰 규모의 안방 안에 20여 대의 컴퓨터들이 각각 자리를 차지하고 있었다. 그곳에는 선수들로 보이는 사람들이 로인 이스 온라인 연습에 매진하고 있는 모습을 보였다. 물론 더러는 다른 게임, 혹은 영화나 애니메이션 감상을 하며 짧게나마 휴식을 즐기는 선수도 있었다.

선수들 역시 강민허의 방문을 눈치챈 모양인지 한두 명씩 그를 향해 시선을 던졌다.

특히나 가장 격렬한 반응을 보인 이는 바로 엊그제, 민허에게 PC방 대회 1차전에서 무참히 발렸던 준프로게이머, 성진성이었다.

"저, 저 녀석은……!"

"오랜만이네."

그를 보자마자 강민허가 반가운 듯 인사를 건넸다.

그러나 오히려 그게 성진성의 심기를 더더욱 불편하게 만들었다.

"야, 인마! 내가 너보다 형이야, 형! 너, 25살이지? 난 27살이라고!"

"그래? 그럼 앞으로 형이라고 부를게."

"존댓말도 같이 사용하라고!"

"뭐 어때. 다른 사람들도 나중에 친해지면 다들 말 놓더만."

"니가 나랑 친하냐?!"

"앞으로 친해지게끔 서로 노력해 보자고. 그럼 조금 이따가 봐, 형."

"이 녀석이 진짜……!"

한마디, 한마디가 성진성의 속을 마구 긁는 듯했다.

하기야 자존심 강하기로 유명한 성진성인데, 듣도 보도 못한 아마추어에게 힘 한 번 제대로 써보지 못하고 졌으니 얼마나 짜증이 날까.

하나 성진성은 아직 미처 알아차리지 못하고 있었다.

강민허가 트라이얼 파이트 7 세계 챔피언의 자리에 올라선 최고의 격투 게임 프로게이머라는 사실을.

＊ ＊ ＊

작은 방 안에 들어서자마자 허태균 감독이 근처에 놓여 있는 의자 하나를 가리켰다.

"일단 앉으세요."

"네."

허태균 감독의 말에 따라 그대로 착석했다.

제대로 손질되지 않은 턱수염을 매만지던 허태균 감독이 먼저 이야기의 서문을 열었다.

"성현이… 어흠, 이성현 감독한테 들어보니, 예전에 '트라이얼 파이트 7 프로게이머로 활동했었다고 하던데. 사실입니까?"

"예. 얼마 전에 세계 대회도 우승했었죠."

"잘나가던 자리를 스스로 박차고 내려온 이유가 있습니까? 오진석 수석 코치는 도백필 선수를 쓰러뜨리고 싶어서 일부러 종목을 바꿨다고 하던데."

"그것도 있고, 돈도 많이 벌고 싶고 해서요."

"하긴, 리오가 돈을 잘 주긴 하죠."

"리오?"

처음 듣는 단어에 호기심을 드러내는 강민허였다.

그의 물음에 허태균 감독이 빙그레 미소를 지어줬다.

"로인 이스 온라인(Roin Is Online)의 앞 철자들을 따서 만든 줄임말입니다. 리오(RIO)라고 하지요. 로인 이스 온라인이라는 단어가 좀 많이 기니까요."

"하긴, 그렇죠."

트라이얼 파이트 7의 경우에도 선수들뿐만 아니라 유저들 사이에서 '트파'라는 별칭으로 불렸다. 게임 이름이 길면, 자연스럽게 줄임말이 등장하는 법이었다.

"다시 본론으로 돌아오자면… 상금 규모야 뭐 현존하는 게임 대회 중에선 가장 크지요. 우리나라에서만 봐도 그러니까요. 프로 구단이 12개나 있는 것도 타 종목에선 찾아보기 힘든 경우일 겁니다."

각종 게임 채널에서도 기본적으로 로인 이스 온라인 대회 중계권을 가지고 있거나, 혹은 자체적으로 스폰서를 끌어들여 대회를 여는 추세였다. 그만큼 로인 이스 온라인의 인기가 높다는 것을 시사하는 요소이기도 했다.

강민허가 보육원 출신이라는 것도 은연중에 이성현 감독으로부터 전해 들은 허태균 감독이었기에, 그가 돈에 많은 관심을 가지는 이유를 굳이 묻지 않았다.

그리고 대다수의 사람들은 돈을 많이 벌고 싶어 한다. 그런데 굳이 '왜 많은 돈을 벌려고 합니까?'와 같은 어리석은 질문을 할 필요는 없었다.

많으면 많을수록 좋은 게 돈 아니겠는가.

그건 허태균 감독도 깊이 공감하는 바였다.

"오 코치한테 듣자하니, 실력이 상당히 좋다고 하더군요. 5레벨 캐릭터로 진성이를 때려눕혔다고 했죠?"

"본의 아니게요."

"게임 시작한 지 얼마나 되셨습니까?"

"이제 대략 1주일 정도 된 거 같네요."

"1주일이라⋯⋯."

오버파워 PC방 대회에서 우승을 차지할 때에는 채 1주일이 되지 않은 상태였다.

그럼에도 불구하고 준프로들을 꺾고서 대회 우승을 차지한 건 정말 대단한 실적이었다.

"저희 팀에 들어오는 걸 별로 안 좋아하는 눈치였다고 오 코치한테서 들었습니다만. 심경의 변화가 생겼습니까?"

이성현 감독에게 별도로 부탁을 했던 허태균 감독이었지만, 일부러 시치미를 뗐다. 구태여 자신이 뒤에서 공작을 펼쳤다 는 사실을 티 낼 필요가 없었기 때문이었다.

강민허가 그의 질문에 담담한 표정으로 대답했다.

"여기에 들어가면, 다른 팀에 비해서 리그 출전 기회가 보다 더 많이 주어질 거 같아서요."

"하하하! 저희가 선수층이 좀 얇긴 하죠."

정확한 지적이었다.

실력 있는 게이머가 있다면, ESA 팀의 경우에는 그 게이머 를 좀 더 많이 굴릴 수밖에 없는 상황이었다.

오히려 민허에게는 그게 좋을지도 몰랐다.

처음에는 약팀이라서 별로 좋지 않게 생각했었지만 냉정하 게 머리를 식히고 따져보면, 그만큼 자신이 실력이 있다면 보 다 많은 출전 기회를 거머쥘 수 있는 최적의 환경이기도 했다.

많이 나가서 많은 승수를 쌓으면 그만큼 몸값도 높아지게 마련.

게다가 도백필 역시 한 번은 만날 수 있지 않을까 싶었다.

한편, 강민허의 대답을 들은 허태균 감독이 속으로 혀를 찼다.

'게임밖에 모르는 녀석인 줄 알았는데, 의외로 계산적인 면모도 있군.'

이성현 감독으로부터 강민허에 대한 정보를 접했을 때에도 머리가 상당히 좋은 게이머란 말을 들은 적이 있었다.

그 때문일까. 허태균 감독은 더더욱 민허가 마음에 들었다.

"도백필 선수를 만나고 싶다고 했었죠?"

"네."

"만나서 이기면 어떻게 할 겁니까? 목표 하나가 달성되는 중요한 순간일 텐데요."

"가서 한마디 해야죠."

"뭐라고요?"

잠시 입을 다문 뒤 입꼬리를 말아 올렸다.

그리고 이렇게 말했다.

"'저보다 게임 못하네요'라고 말이죠."

"허허……!"

게임에 대한 자신감. 그리고 그 자신감을 받쳐줄 수 있는 실력까지!

하지만 그렇다고 무턱대고 그를 팀원으로 받아주는 건 다른 팀원들에게 도리가 아니었다. 적어도 입단 테스트는 거쳐야 하지 않겠는가.

"실력은 충분하다고 생각하지만, 그래도 저희 역시 프로 팀이기 때문에 입단 테스트를 볼까 하는데. 괜찮겠습니까?"

"네. 상관없습니다. 오히려 입단 테스트를 받는 게 더 좋죠."

"자신감이 상당하군요."

"보나마나 합격일 게 뻔하니까요."

"쉽지 않을 텐데요? 입단 테스트는 대회 때와는 많이 다릅니다. 그래서 보다 더 어렵게 느껴지는 경우도 많지요. 실제로 한가락 한다는 친구들도 입단 테스트에선 긴장감 때문에 손이 얼어서 제 실력의 반의반도 못 보여주고 울면서 집으로 돌아간 적이 허다합니다."

"그럼 그 사람들은 애초부터 프로게이머를 할 자격이 없다는 뜻이겠지요."

"……."

여전히 강한 자신감을 내비치는 강민허의 태도에 감탄을 삼켰다.

지금까지 그 어떠한 프로 지망생들보다도 특이했다.

앞으로도 강민허 같은 프로 지망생은 찾아보기 힘들 것이다. 적어도 허태균 감독은 그렇게 확신할 수 있었다.

"좋습니다. 그럼 일단 나가보죠."

강민허를 데리고 안방으로 향하기 시작했다.

그의 입단 테스트 상대가 되어줄 프로게이머를 구하기 위함이었다.

"자, 전체 주목!"

허태균 감독의 말에 모두가 이목을 집중시켰다.

"오 코치한테 들어서 대략 알고 있겠지만, 오늘 우리 팀에 입단 테스트를 보러 온 프로 지망생이 왔다. 강민허 씨라고 한다."

"……."

"……."

몇몇은 신기한 눈으로, 그리고 더러는 경계심이 가득한 눈으로 강민허를 응시했다.

그러는 동안에도 허태균 감독의 말은 계속해서 이어졌다.

"지금 입단 테스트를 치를 예정인데, 상대가 되어줄 사람 있으면 손을 들고 자원을……."

"제가 하겠습니다!"

손을 번쩍 든 채 자신의 존재감을 강하게 어필하는 한 남자가 있었다.

그를 보자마자 강민허가 반가움을 드러냈다.

"진성이 형이? 나야 좋지."

"누가 네 녀석 형이라는 거냐?!"

"아까 호형호제하기로 했잖아."

"개뿔 같은 소리 다 하네! 감독님! 부디 절 시켜주시기 바랍니다. 제가 프로의 세계가 얼마나 냉철한지 뼈저리게 깨닫게 해주겠습니다!"

"음……."

성진성은 2군에서 활약하고 있는 준프로게이머치고는 실력이 꽤나 좋은 편으로 알려져 있는 남자이기도 했다. 그러나 성진성은 얼마 전, 강민허에게 말 그대로 압살을 당해 버렸다.

그렇다면 차라리 준프로가 아니라 1군에서 활약 중인 프로에게 테스트 상대 역할을 맡기는 게 더 좋지 않을까.

그런 고민이 머릿속에서 계속 맴돌지만, 성진성은 계속해서 손을 든 채 출전 의사를 강하게 어필해 왔다.

"부디 저에게 기회를… 감독님!"

설욕의 기회를 한 번 더 줄까?

그렇게 생각할 무렵, 오진석 수석 코치가 다른 제안을 해왔다.

"괜찮은 스파링 상대가 있는데, 제가 추천해도 될까요?"

"우리 팀에 그런 사람이 있었나?"

"있지요. 신인 상대하는 데에 최적인 사람이."

그러면서 오진석 코치가 벽에 걸린 시계 쪽을 응시했다.

"이제 곧 올 겁니다."

그의 말이 끝나기가 무섭게 현관문이 덜컹 열렸다.

이윽고 등장한 젊은 남성이 한숨을 내쉬며 자신의 등장 사실을 알려왔다.

"다녀왔습니다… 어? 그 사람 누굽니까?"

강민허를 보며 놀라는 표정을 짓는 남성.

바로 로인 이스 온라인 전(前) 프로게이머이자 현(現) ESA 팀 코치를 맡고 있는 나선형이었다.

나선형. 그는 한때 로인 이스 온라인 업계에서 이름 좀 날리던 잘나가는 선수 중 한 명이었다.

그러나 도중에 손목 부상을 당하게 되고, 이후 코치로 전향하게 되었다. 가끔 손목의 컨디션의 좋거나 혹은 나가야 할 선수가 없을 때에는 그가 직접 선수로 움직일 때도 있었다.

플레잉 코치(Playing coach). 그것이 나선형의 역할이었다.

그의 등장에 허태균 감독이 곧장 강민허를 소개했다.

"인사해라. 오늘 입단 테스트 받기로 한 강민허 씨라고……"

"말씀 편히 하셔도 됩니다, 감독님."

강민허가 먼저 그에게 말 놓기를 제안했다. 그러자 허태균 감독이 멋쩍은 듯 옅은 미소를 지어 보이고는 그의 바람을 들어줬다.

"강민허라고, 예전에 트라이얼 파이트 7에서……."

"세계 대회 우승했던 게이머분이죠?"

나선형이 먼저 선수를 쳤다. 그러자 허태균 감독이 사뭇 놀란 표정으로 물었다.

"알고 있었냐?"

"얼굴은 몰랐는데, 이름 들어보니까 이제 알겠어요. 얼마 전에 트라이얼 파이트 관련 기사를 봤었거든요. 세계 대회 우승하자마자 돌연 은퇴 선언. 꽤나 강렬했죠. 그런데 설마 이 사람일 줄이야. 의외네요."

첫 번째는 꽤나 평범한 인상이라서 놀랐고, 두 번째는 자신의 팀으로 입단 테스트를 받으러 왔다는 점에 놀랐다.

그 많고 많은 팀 중에 하필이면 ESA라니.

대다수의 아마추어 지망생들은 ESA보다 프로 리그에서 맹활약을 펼치고 있는 상위 팀들을 지원하는 게 일반적이었다. 이미 한 번 세계를 정복했던 남자가 ESA에 지원할 줄은 미처 예상 못 했다.

"선형아. 너, 안 바쁘지?"

허태균의 물음에 나선형이 고개를 끄덕였다.

"네. 딱히 바쁜 일은 없습니다만."

"그럼 이 친구, 입단 테스트 상대 좀 되어줘."

"제가요?"

의외였다. 보통 ESA 팀으로 입단 테스트를 희망하는 사람들이 올 때에는 현역으로 활동하는 게이머가 상대가 되어주곤 했었다. 플레잉 코치로 활동하고 있다고는 하지만, 실력 면으로 따진다면 선수 측이 더 기량이 뛰어났기에 보다 더 꼼꼼한 테스트를 진행할 수 있기 때문이었다.

그러나 나선형에게는 프로 선수들도 어찌할 수 없는 강점이 있었다.

바로 경험이었다.

"안 봐줘도 되니까 마음껏 상대해 줘라."

허태균의 특별 지시에 나선형이 어쩔 수 없다는 듯이 가벼운 한숨을 내쉬었다.

"알겠습니다. 감독님께서 그렇게까지 말씀하신다면……"

이윽고 그의 표정이 180도 달라졌다.

"철저하게 짓밟아보겠습니다."

"……"

그 모습을 본 순간, 강민허의 머릿속에는 이런 단어가 떠올랐다.

전투 모드, 가동.

'저 사람, 눈빛이 제법이야.'

속으로 나선형을 평가해 보는 강민허.

트라이얼 파이트 7에서 수많은 강자들과 맞붙었던 그였지만, 그럼에도 불구하고 나선형은 쉬운 상대가 될 것 같지 않았다.

＊　　　＊　　　＊

로인 이스 온라인에 접속한 성진성이 불평불만이 가득한 표정으로 말했다.

"PvP 방 팠습니다. 제 닉네임 검색하고 들어오세요. 비밀번호는 332211입니다."

"야, 얼굴 좀 펴라."

오진수가 성진성의 어깨를 몇 번 토닥이며 말했다.

하나 그런 소소한 위로가 성진성의 마음을 풀어줄 것 같진 않았다.

"왜 저 놔두고 코치님을 붙인 겁니까?"

"선형이가 너보다는 잘하잖냐. 안 그래?"

"그거야……."

반론을 가할 수가 없었다. 플레잉 코치라고는 하지만, 실력 면으로 따져도 나선형은 성진성보다 상위 호환이었다.

사실 성진성은 프로가 된 지 얼마 안 됐다. 이제 고작 반년 조금 남짓했다. 그럼에도 불구하고 2군 리그에서 대활약을 펼치는 것은 나름 대단했다.

그러나 그건 강민허라는 남자 앞에서 무용지물이었다.

그는 5레벨로 성진성을 때려눕혔다. 나름 전설급 아이템으로 중무장을 하고 있던 그를 농락하다시피 한 것이었다.

안 그래도 자존심 강한 성진성인데, 아마추어에 불과한 강민허에게 무참히 짓밟혔으니 성이 날 만도 했다.

그러나 감독, 코치진 입장에선 성진성의 개인 입장을 고려해 준답시고 어렵게 잡은 입단 테스트 기회를 날리고 싶지 않았다.

트라이얼 파이트 7 세계 챔피언, 강민허. 스파링 상대가 나선형이라면, 그의 실력을 유감없이 볼 수 있을지도 모른다!

그런 기대감에 사로잡힌 ESA 관계자들이 속속들이 성진성의 자리로 모여들기 시작했다.

한편, 로그인 화면을 거쳐 캐릭터 선택 창에 다다른 나선형이 대뜸 목소리를 높이며 민허에게 이렇게 물었다.

"거기 친구."

"저요?"

"그래, 너. 어떤 캐릭 상대하고 싶어? 근접? 원거리? 마법 계열? 아니면 소환사?"

"종류별로 다 키우기라도 하셨나 보네요."

"뭐, 남는 게 시간이라서 말이야."

어찌 보면 이것도 도발일 수 있었다. 그러나 강민허가 누구인가. 이미 세계를 재패했던 남자 아니겠는가.

"아무거나 해주세요."

"오, 그래?"

"네."

그 또한 만만치 않게 응수했다.

강민허의 대답에 몇몇 선수가 짧게 한탄했다.

"마법 계열로 골랐으면 좋았을 텐데."

"그나마 코치님이 못하는 스타일이잖아?"

"그래도 평균 이상의 실력이니까."

나선형의 약점이 들려왔다.

마법사 계통의 캐릭터를 다루는 데에 능숙하지 않다. 물론 상대적인 이야기일 뿐이었지만, 그래도 약점은 약점이었다.

그 말을 들은 순간, 이번에는 강민허가 목소리를 높였다.

"잠깐만요."

"왜. 갑자기 생각이 바뀌기라도 한 거야? 뭐 해줄까? 말만 해."

능글맞은 웃음을 지으며 묻는 나선형이었으나, 민허의 다음 이어질 말은 그의 상상을 초월했다.

"마법사 계통의 캐릭터를 제외하고 해주세요."

"…응?"

"그것만 해주신다면 나머지는 괜찮을 거 같습니다."

"그 반대가 아니라?"

"네."

"……."

오히려 약점이 될 요소를 철저히 봉인해 버리는 강민허의 대담함에 나선형이 피식 웃음을 토해냈다.

사실 그도 선수들이 은연중에 흘리는 이야기를 들었다. 그 말이 분명 강민허에게도 들렸을 터였다. 그럼에도 불구하고 그는 오히려 반대되는 발언을 들려줬다.

'재미있는 녀석이 왔구만!'

오랜만에 나선형의 승부욕에 불이 붙기 시작했다.

성진성이 만든 PvP 방에 두 사람의 캐릭터가 입성했다. 그 러자 허태균 감독이 작은 탄식을 내뱉었다.

"정말로 5레벨이잖아?"

"게다가 아이템도 전부 일반 등급이에요."

오진석이 부가 설명을 들려줬다.

직접 두 눈으로 보고도 믿기지가 않았다.

"허허, 거참. 진짜 이걸로 PC방 대회에서 우승했다고?"

"네. 제가 직접 봤습니다. 진성이 녀석도 이 라울이라는 캐 릭터한테 탈탈 털렸다고 하더라고요."

"코, 코치님! 그 말은 이제 안 하기로 하시지 않았습니까?!"

"미안하다, 미안해. 알았으니까 옵저빙이나 좀 잘해."

겨우겨우 성진성을 진정시켰다.

대전 방식은 3전 2선승제. 맵은 워낙 변수가 많이 작용하는 맵들이 많기에 아무런 오브젝트도, 버프류도 없는 노멀 형태의 맵으로 진행될 예정이었다. 변수가 없기에 그만큼 실력 대 실력으로 맞붙을 수밖에 없었다.

여기서 강민허의 본 실력이 나오리라.

강민허의 호기에 응수하듯 나선형은 도적 직업을 지닌 캐릭터를 꺼내 들었다.

날렵한 몸놀림과 더불어 수많은 암기를 이용한 페이크성 공격이 장점인 도적. 그 모습에 선수들이 술렁이기 시작했다.

"미친… 코치님 주력 캐릭터잖아?!"

"저 아마추어, 완전히 박살 나겠네."

여기저기서 우려의 목소리가 들려왔다. 그러나 오로지 단한 명. 성진성만이 입을 굳게 다문 채 모니터를 응시할 뿐이었다. 강민허와 직접 자웅을 겨뤄봤기에 그의 실력이 어떠한지 누구보다도 잘 알고 있었다. 그렇기에 이들의 의견에 쉽게 동조할 수 없었다.

한편, 첫 번째 라운드를 알리는 카운트가 시스템 메시지 창에 새겨지기 시작했다.

System: 곧 대전이 시작됩니다.

System: 3, 2, 1… Fight!

시스템 메시지의 결투 시작 메시지와 함께 강민허의 라울이 곧장 자세를 취했다.

공격 형태가 아니었다. 방어 자세였다.

'오호라. 제법이네?'

공격이 아닌 방어를 택한 강민허의 선택에 나선형이 속으로 칭찬을 했다.

보통 아마추어, 혹은 경력이 얼마 안 되는 게이머는 수비보다 공격을 우선적으로 선택하는 경향이 있었다.

대전 액션 게임을 포함해 PvP 콘텐츠 중에서 공격보다 가장 중요한 건 바로 방어, 혹은 회피였다.

상대방의 공격을 잘 흘리고, 그 틈을 노려 공격한다. 그것을 잘하는 플레이어가 진정한 격투의 신이었다.

게다가 강민허는 상대방이 누구인지 모르는 상태였다. 이 바닥에서 유명한 사람이었다고 하지만, 강민허가 아는 유명로인 이스 온라인 프로게이머는 그를 도발했던 남자, 도백필. 단 한 명뿐이었다.

우선은 상대방의 정보를 알아낸다. 그리고 그에 따른 응수를 펼친다.

그것이 민허의 작전이었다.

물론 이건 나선형도 잘 알고 있었다.

'그렇다면, 한번 제대로 어울려 주지!'

호기롭게 먼저 공격권을 펼치는 나선형. 그의 캐릭터인 도적이 빠르게 움직임을 개시했다.

허리춤에 손이 가기 시작하더니, 단검 세 개가 빠르게 라울에게 향했다.

하나 상대의 사전 동작으로 이미 원거리 형태의 공격을 취할 거란 사실을 이미 알고 있었던 강민허는 곧장 회피 커맨드를 입력시켰다. 세 개의 단검 중 하나가 라울의 머리카락을 스치고 지나갔다. 아슬아슬한 회피였다.

"운이 좋네, 저 아마추어."

"그러게 말이야. 저거 한 방 맞았으면, 헤드샷 판정 났을 텐데."

여기저기서 아쉬움을 담은 목소리가 들려왔다. 그러나 허태균과 성진성은 알고 있었다.

특히나 허태균은 방금 보여준 그 동작을 보자마자 매우 큰 감명을 받았다.

'회피 실력이 상당히 좋군.'

아찔하긴 했지만, 결국 안 맞지 않았는가. 게다가 움직임을 최소한으로 줄인 행동 덕분에 스태미나 소모를 최대한 아낄 수 있었다.

로인 이스 온라인에는 스태미나 시스템이 존재한다. 스태미나가 제로가 되는 순간, 캐릭터가 일시적으로 행동 불능에 빠진다. 그것을 미연에 방지하기 위해서라도 스태미나 관리는 필수적이었다.

한편, 나선형의 공격은 멈출 줄 모르고 계속되었다.

첫 번째 공격이 빗나갔다 하더라도 이대로 움츠러들 필요는 없었다. 어차피 상대방은 계속 수비적인 자세로 나올 테니 말이다.

그때가 나선형에겐 크나큰 기회가 될 것이다.

"샌드백이 따로 없구만!"

"……"

나선형의 추가 도발에도 불구하고 강민허의 눈빛은 흔들리지 않았다.

그 모습 또한 허태균에겐 꽤나 인상적으로 다가왔다.

사실 그는 게임이 시작되기 전에, 나선형에게 일부러 도발성 짙은 발언을 들려주란 말을 했었다.

입단 테스트 겸 멘탈을 시험하기 위해서였다.

아직까진 충분히 잘해내고 있었다.

문제가 있다면, 이다음이었지만 말이다.

두세 번의 공격을 받아낸 라울이 갑자기 자세를 풀었다.

그러더니 강민허의 입이 천천히 열렸다.

"이쯤이면 됐겠지."

드디어 그의 반격이 시작될 차례였다.

민허가 곧장 반격의 자세를 취하기 시작했다.

나선형이 생각했던 것보다 훨씬 더 빠른 타이밍이었다. 기 껏해야 2~3합 정도를 주고받았을 뿐이었다. 아직 나선형이 어떤 스타일과 성향을 지닌 플레이어인지 파악하기에는 많이 부족한 감이 있었다.

그럼에도 불구하고 이제부터 행동 개시라니.

'허세인가?'

그럴 가능성도 컸다.

게임에서 이기려면 어찌 되었든 공격은 무조건 해야 했다. 상대방의 HP를 0으로 만들어야 게임에서 이길 수 있으니 말이다.

방어가 중요하다고 한들, 상대방을 쓰러뜨리지 못한다면 그게 무슨 소용이란 말인가.

그렇기 때문에 흐름을 반전시키기 위해서 다소 무리해서 공격을 하려는 경우일지도 몰랐다.

만약, 그렇다면 오히려 나선형에게 좋은 일이었다.

급한 마음은 빈틈을 낳는 법이니까.

스릉!

왼쪽 허리에 꽂혀 있던 단도를 꺼내 들었다.

나선형이 키운 도적 캐릭터의 메인 무기라 할 수 있는 전설 등급 아이템, 윈드 커터였다.

단도임에도 불구하고 꽤나 높은 독 대미지 속성이 부여되어 있었다. 제아무리 탱커라 하더라도 스치는 것만으로 HP를 순식간에 3분의 1 깎아먹을 수 있는 무시무시한 무기였다.

한 번의 공격으로 많은 피해를 주진 못해도 독 속성 무기였기에 맞추기만 해도 독 대미지가 도트 단위로 계속 들어간다.

파바바박!

도적 캐릭터의 장점인 빠른 속도를 살려 순식간에 민허의 뒤쪽으로 돌아갔다.

민허도 눈으로는 그의 행동을 끝까지 좇고 있었다.

그러나 과연 반응할 수 있을까?

"틈이 많군. 아주 좋은 먹잇감이야."

나선형이 눈을 번뜩였다.

사냥감을 바로 목전에 둔 사냥꾼의 눈빛과도 흡사했다.

하나 그는 치명적인 정보 하나를 잊고 있었다.

후웅!

공기를 가르며 매섭게 찔러 들어오는 윈드 커터의 공격. 그 것을 끝까지 눈으로 좇고 있던 민허의 캐릭터, 라울이 돌연 자세를 낮췄다.

이윽고 소수점 단위의 타이밍에 맞춰 정확히 커맨드를 입력했다.

그가 선보인 스킬은 바로 카운터 어택. 오버파워 PC방에서 그를 우승으로 이끌었던 주력 스킬이었다.

"설마……!"

나선형의 미간이 사정없이 일그러지기 시작했다.

카운터 어택. 물론 좋은 스킬이었다. 그러나 0.01초라는 말도 안 되는 타이밍에 정확히 커맨드를 입력해야 했기에 프로 선수들도 어려워하는 스킬이었다.

그럼에도 불구하고 강민허는 그것을 단 한 번의 실수도 없이 실전에서 곧장 발휘했다.

터어엉!!!

강민허의 캐릭터, 라울이 오른손을 뻗어 윈드 커터의 단도를 튕겨냈다.

라울을 향하던 공격이 궤도를 틀어 나선형의 도적 캐릭터로 향했다.

"이런!"

짧은 탄식과 함께 그대로 캐릭터를 뒤로 뺐다.

그러나 불행하게도 나선형은 강민허만큼의 피지컬을 지니고 있지 못했다.

푸슉!

윈드 커터가 도적의 반대쪽 팔뚝을 스쳤다.

아이템 등급 중에서도 최고 등급이라 불리는 전설 등급의 무기였기에 스치기만 했음에도 불구하고 대미지가 꽤나 많이 들어갔다. 게다가 독 대미지가 도트 단위로 계속해서 들어오는 탓에 HP의 상황 역시 그리 넉넉지 못했다.

단 한 번의 공격… 아니, 반격을 당해 상황이 역전되었다.

깎여 나가는 HP에 정신이 팔린 틈을 타 민허가 일격을 가했다.

순식간에 도적 캐릭터의 몸 안쪽으로 파고든 라울이 오른 주먹에 힘을 가했다.

이윽고 착용하고 있는 너클에서 미약한 풍압이 생성되었다.

빠아아아아악!!

주먹을 내지르자, 경쾌한 타격음과 함께 도적 캐릭터가 뒤로 나가떨어졌다.

라울이 선보인 공격의 정식 명칭은 정권 찌르기.

그러나 강민허는 이렇게 부르고 있었다.

붕권. 라울의 강력한 공격 기술 중 하나였다.

바닥까지 떨어지는 HP.

머지않아 수치가 0이 되는 순간, 시스템 보이스가 민허의 승리를 선언했다.

System: Player 1 Win!

첫 번째 승리를 손쉽게 따낸 강민허.

그가 가볍게 몸을 풀기 시작했다.

"바로 두 번째 경기 가시죠."

*   *   *

"코치님이… 졌어?!"

"내가 도대체 뭘 본 거야?!"

여기저기서 웅성거림이 들려오기 시작했다.

그도 그럴 수밖에 없는 것이, 나선형은 1군 프로게이머들조차도 상대하기 버거워할 정도로 능숙한 실력을 지니고 있는 남자였다. 플레잉 코치답게 실제로 1군 프로 리그 무대에 올라 경기를 뛸 만큼의 실력을 갖췄는데, 고작해야 아마추어에게 패배하다니.

물론 민허가 한번 세계를 정복했던 이력이 있다고는 하지만, 로인 이스 온라인에선 가히 초보나 다름없었다. 실제로 레벨도 아직 5레벨에 불과했으니 말이다.

그럼에도 불구하고 나선형의 얼굴은 한결 차분했다.

성진성은 같은 상황에서 분에 못 이겨 씩씩거림을 연발했었다. 그러나 나선형은 달랐다.

그의 모습을 지켜보던 강민허가 속으로 감탄을 연발했다.

'본능보다는 이성인가. 코치라서 그런지 몰라도 멘탈은 괜찮네.'

성진성과는 다르게 침착함을 유지하고 있었다.

몸은 다음 경기를 준비하고 있었지만, 머리로는 방금 전에 펼쳐졌던 첫 번째 경기를 끊임없이 복기하고 있었다.

'카운터 어택을 아무런 망설임 없이 구사했어. 게다가 성공도 했고. 그렇다면 거의 패시브라고 봐도 무방하겠군.'

국내에서도 찾아보기 힘든 카운터 어택 스킬이 주력 플레이어였다.

풍부한 경험을 지니고 있는 나선형조차도 이번 상대는 껄끄럽게 느껴질 정도였다.

그래도 대비책이 없는 건 아니었다.

망설임 없이 레디 버튼을 누르는 나선형 코치. 일찌감치 레디를 누른 채 기다리고 있었던 강민허였기에 경기는 곧장 속개될 수 있었다.

모니터를 통해 두 번째 PvP 준비 과정을 지켜보던 허태균 감독이 옅은 미소를 지었다.

"두 번째 판이 아주 볼만할 거야."

허태균 감독의 말에 성진성이 뾰로통한 표정으로 대답했다.

"전 개인적으로 코치님이 이겨주셨으면 좋겠습니다만."

"글쎄, 내가 보기엔 저 친구가 이길 거 같은데."

"저 머리에 피도 안 마른 녀석이요?"

"너랑 두 살 차이밖에 안 나잖냐."

"그래도 리오 경력으로 따지면 제가 월등히 높잖아요."

"프로게이머의 존재 가치는 경력이 좌지우지하는 게 아니야. 이력이 모든 것을 결정하지."

"……."

허태균 감독의 예상이 적중할지, 아니면 성진성의 바람이 맞아떨어질지, 그것은 지켜봐야 할 일이었다.

＊　　　＊　　　＊

두 번째 경기가 시작됨과 동시에 나선형의 도적 캐릭터가 지면을 박차며 돌진해 오기 시작했다.

그 모습을 응시하던 강민허가 흥미로운 눈빛을 하기 시작했다.

"오, 그렇게 나오시겠다."

나선형이 초반부터 기세 좋게 공격을 해올 거란 점은 미처 예상치 못했다.

첫 번째에서 단 두 번의 일격으로 아웃당한 나선형이었기에 이번에는 경기를 좀 더 천천히 이끌어가려고 하지 않을까 하는 게 민허의 예상이었다.

본래 경기가 길어지면 길어질수록 경험이 많은 게이머가 유리하게 마련이었다.

장시간의 집중력을 요구하는 싸움으로 끌고 가게 되면 경험이 많은 나선형에게 분명 승산이 있을 터였다.

그러나 나선형에게는 그런 것 따위 없었다.

오히려 오랜만에 게이머로서의 심장을 두근거리게 만들어주는 상대방이 나타났다는 사실만이 그를 움직이게 만들고 있었다.

'또 카운터 맞고 싶은가 보군.'

민허가 라울을 조작해 다시금 자세를 낮췄다.

공격이 가해오는 순간, 바로 반격기 커맨드를 입력해 상대방에게 다시 한번 치명적인 공격을 선사할 것이다.

그러나 이변이 발생했다.

"같은 수가 두 번이나 통할 거라 생각하지 마라!"

또다시 도적 캐릭터가 허리춤에 손을 가져갔다.

아까와 같은 단검 투척일까? 그런 생각을 하려던 찰나에, 갑자기 도적이 무언가를 꺼내 들더니 그것을 바닥을 향해 있는 힘껏 던졌다.

그 순간, 퍼엉! 소리와 함께 매캐한 연기가 주변을 감싸기 시작했다.

도적의 스킬 중 하나인 연막이었다.

두 번째 경기를 지켜보던 오진수 코치가 탄식을 내뱉었다.

"이야, 선형이 자식, 머리 좋네!"

"역시 코치님!"

"짬은 절대 무시 못 하지. 암, 그렇고말고."

오진수를 따라 선수들 역시 나선형의 임기응변에 감탄했다.

강민허의 주력 스킬이 카운터 어택이라는 사실은 이제 만천하에 공개되었다. 저레벨이 고레벨을 쓰러뜨릴 수 있는 몇 안 되는 스킬 중 하나가 바로 카운터 어택이었다. 강민허는 바로 이 반격기 스킬로 PC방 대회에서 고레벨들을 차례차례 무릎 꿇게 만들었다.

그렇다면 해답은 간단하다.

카운터 어택 스킬을 사용하지 못하게끔 하면 되지 않겠는가.

강민허는 대전 액션 게임의 신이라 불리던 남자다. 그가 카운터 어택 스킬을 자유자재로, 게다가 실패 없이 100% 완벽하게 성공시킬 수 있었던 요인은 바로 상대방 캐릭터의 움직임을 빤히 볼 수 있었기 때문이다.

언제, 그리고 어느 타이밍에 공격이 들어오는지 직접 눈으로 보고 타이밍을 잰다. 그리고 카운터 어택 스킬 커맨드를 입력해 반격을 가한다. 이것이 강민허의 승리 공식이었다.

그렇다면 본인의 캐릭터가 어떤 준비 동작을 구사하는지 안 보이게끔 하면 그만이었다.

"……"

입을 굳게 다문 채 모니터를 뚫어져라 응시하는 민허.

그 순간, 그가 빠르게 옵션 창을 켰다. 그러자 뒤에 있던 선수들이 다시 한번 크게 술렁이기 시작했다.

"옵션 창은 왜?"

"글쎄… 키 잘못 누른 거 아니야?"

옵션 창을 켜자마자 민허가 한 일은 사운드를 최대(MAX)로 키우는 것이었다.

그 뒤, 빠르게 옵션 창을 닫은 민허가 잠시 후, 카운터 어택 스킬 커맨드를 입력했다. 아무것도 없음에도 불구하고 커맨드를 입력하기 시작한 것이다.

처음 보는 입장에선 어리둥절할 수밖에 없었다. 왜 뜬금없이 옵션 창을 켠 걸까? 그리고 왜 갑자기 사운드 조정을 한 걸까?

하나부터 열까지 공감하기 힘든 플레이였다.

그러나 머지않아 이들의 이러한 의구심이 명쾌하게 풀렸다.

민허가 키 입력을 끝낸 순간, 바로 오른쪽에서 나선형의 도적 캐릭터가 득달같이 달려들었다.

연막 속에서 갑작스럽게 튀어나온 그였으나, 민허의 라울은 침착하게 카운터 어택 스킬을 발동시켰다.

마치 그의 공격을 기다리고 있었다는 듯한 행동이었다.

그 모습을 보는 순간, 평정심을 유지하던 나선형의 미간이 사정없이 일그러지기 시작했다.

시각으로 볼 수 없다면, 청각을 통해 상대방의 위치와 움직임을 예상한다. 그러기 위해서 강민허는 빠르게 옵션 창을 켜 사운드를 조절한 것이었다.

도적의 움직이는 소리… 아니, 그 흔적을 최대한 낚아채기 위해서!

강민허의 이러한 예상은 정확하게 적중했다.

극한의 감각을 소유한 자가 아닌 이상, 불가능한 일이었다.

"이런! 말도 안 되는 플레이를……!"

그의 외마디 외침과 동시에 카운터 어택 스킬이 작렬했다.

윈드 커터의 날카로운 칼날은 또 한 번 적이 아닌 본인을 향했다.

그리고 그 결과.

System: Player 1 Win!

강민허는 다시 한번 승리를 쟁취할 수 있었다.

2전 2승. 깔끔한 기록이었다.

먼저 2승을 거둔 덕에 나선형과의 대전은 강민허의 승리로 돌아가게 되었다.

제아무리 선수 활동과 코치를 겸하고 있는 나선형이라고 하지만, 누군가에게 이렇게 압도적인 기량 차이로 패배의 수모를 당한 적은 없었다. 그럼에도 불구하고 나선형의 얼굴에는 분함이라는 감정을 찾아볼 수 없었다.

오히려 속이 후련하다는 듯한 그런 표정이었다.

"굉장하군! 이런 실력을 지니고 있는 아마추어는 처음이야."

솔직한 감상을 들려줬다. 그러나 강민허는 담담한 표정으로 일관했다.

"이 정도도 못하면, 프로게이머가 될 수 없잖아요."

"하하하! 물론 그렇지."

"이제 입단 테스트 끝난 겁니까?"

민허가 나선형과 허태균 감독을 번갈아 바라봤다.

제3자의 시선에서 모든 경기 내용을 지켜보고 있던 허태균 감독이 고개를 끄덕였다.

"더 볼 필요는 없을 거 같군. 저녁에 코치진들이랑 회의해서 결과 알려줄 테니 오늘은 집으로 들어가 봐."

"알겠습니다."

강민허가 자리에서 일어나 현관문 쪽으로 향했다. 본인이 주로 사용하는 키보드와 마우스를 들고 온 것도 아니었기에 갈 때도 가벼운 걸음을 유지할 수 있었다.

그를 배웅해 주기 위해 오진석이 같이 따라나섰다.

그러는 동안, 선수들의 술렁임이 다시금 커지기 시작했다.

"저 아마추어? 누구야?"

"아까 트라이얼 파이트 7에서 세계 챔피언 먹은 사람이라고 하지 않았나."

"어쩐지. 스타일 자체가 격투 게임하듯 하더라."

선수들이 각자의 감상과 의견을 주고받는 사이에 나선형이 허태균 감독에게 다가와 말했다.

"죄송합니다. 세 번째 경기까지 끌고 가지도 못했네요."

"아니, 됐다. 두 번 했으면 충분해. 그보다……."

허태균 감독의 시선이 민허의 뒷모습을 뚫어져라 응시했다.

"성현이 말대로였어. 괴물 같은 녀석이야, 정말로."

*　　　　*　　　　*

민허가 돌아간 이후.

허태균 감독이 사용하는 사무실로 들어서게 된 오진석 코치와 나선형 코치가 의미심장한 미소를 지었다.

두 사람 중 가장 먼저 입을 연 쪽은 바로 오진석 코치였다.

"처음에 진성이 녀석한테 민허에 대한 이야기를 들었을 때, 거짓말하는 줄 알았죠. 근데 결승 무대를 보고, 그리고 오늘 선형이랑 경기하는 모습 보니까 그게 거짓이 아니라는 걸 알게 되었습니다."

"결승전 때 누구랑 붙었다고 했었지?"

허태균 감독의 질문에 오진석 코치가 곧장 답을 들려줬다.

"이청하 선수요."

"나이트메어 쪽이구만. 그 친구도 꽤 하지 않나?"

"네. 2군이긴 하지만, 진성이처럼 유망주라 불리죠."

"그런 선수들을 꺾고 PC방 대회를 우승했단 말이지… 게다가 오늘은 나 코치도 이기고."

관계자의 입장에서 보자면 참으로 놀랄 만한 이야깃거리였다.

트라이얼 파이트 7에서 세계를 재패한 이력을 지녔다 하더라도 결국은 타 게임 이야기 아니겠는가. 게다가 장르 역시 달랐다. 대전이긴 하지만, 로인 이스 온라인은 기본적으로 MMORPG를 기반으로 둔 PvP 대전 방식을 채택하고 있었다.

반면, 트라이얼 파이트 7은 전형적인 대전 액션 게임이었다.

"회의 전에 잠깐 조사해 본 게 있는데요."

나선형 코치가 말을 이어갔다.

"아까 그 친구랑 겨룰 때, 익숙한 느낌이 들었거든요."

"익숙한 느낌?"

"네. 트라이얼 파이트 7에 보면, 선택할 수 있는 캐릭터 중에서 '라울'이라는 캐릭터가 있습니다. 혹시 감독님도 아시나요?"

"어. 알다마다. 나도 너처럼 가끔 오락실 갈 때마다 한두 판씩 게임해 보곤 하니까."

"강민허의 캐릭터를 상대할 때, 흡사 트라이얼 파이트 7의 라울을 상대하는 기분이었습니다. 신체 사이즈라든지 공격 스킬, 그리고 움직임이나 이런 것 하나하나까지 전부 다요. 세세한 세팅 하나하나가 라울을 기반으로 만든 캐릭터 같았습니다."

"생각해 보니⋯⋯."

카운터 어택, 그리고 정권 찌르기. 이것은 라울의 반격기와 붕권에 해당하는 공격들이었다.

"그 친구가 일부러 레벨을 안 올리는 이유도 아마 거기에 있지 않을까요."

"연관이 있나?"

"네. 대전 액션 게이머들은 프레임 단위 하나하나에도 많은 신경을 씁니다. 캐릭터 움직임은 말할 필요도 없죠. 보통 리오 게이머라면 캐릭터 스탯을 생각해서라도 무조건 만렙부터 찍고 난 이후에 장비 맞추는 등 육성에 치중하는데, 민허에게는 오히려 그게 방해 요소가 되는 거같이 느껴졌습니다."

"구체적으로 어떤 식으로?"

"예를 들자면 민첩 스탯을 필요 이상으로 찍으면, 트라이얼 시리즈의 라울 캐릭터보다 더 빠른 움직임이 된다든지 하는 그런 거요. 물론 움직임이 빠르면 좋을지도 모르지만, 오히려 익숙하지 않은 캐릭터 움직임 때문에 그게 방해 요소로 작용하는 경우가 있습니다. 특히나 격투 게이머라면 더더욱요."

"하긴… 그럴 수도 있지."

허태균 감독도 이 바닥에서 오래 일을 하다 보니 타 게임에 대한 지식은 기본적으로 다 알고 있었다. 게다가 트라이얼 파이트 7은 격투 게임 중에서도 가장 유명한 게임 아니겠는가. 물론 우리나라에선 인기가 별로이긴 하지만, 세계적으로는 그래도 나름 인지도가 높은 게임 중 하나였다.

물론 로인 이스 온라인에 비교하자면, 상대가 안 되겠지만 말이다.

"결국 강민허, 그 친구의 목표는 레벨링이 아니라 라울을 100% 구현시키는 거군."

"예. 그런 거 같습니다."

"참 희한한 친구란 말이야. 스탯과 레벨이 올라야 강해지는 게임인데, 그 상식을 완전히 파괴해 버렸어."

"리오가 스탯을 올려야 레벨이 오르는 시스템이기에 가능하고요. 만약에 일반 MMORPG 게임이었다면 불가능했을 겁니다."

알면 알수록 특이한 케이스였다.

수첩에 뭔가를 적기 시작하던 허태균이 추가 질문을 꺼냈다.

"앞으로도 레벨 업할 생각은 없겠지?"

"글쎄요. 진석이, 너는 어떻게 생각해?"

"나야 뭐… 없을 거라고 보는데. 그보다 크게 상관없지 않나요? 어차피 프로 리그든 개인 리그든 참가 자격에 '만렙'이라는 조건은 없으니까요."

그렇다 하더라도 만렙이 기본인 무대에서 5레벨 프로게이머라니. 생각만 해도 어이가 없었다.

그래도 실력은 확실했다.

"입단에 대해서는……."

허태균 감독이 두 코치를 번갈아 봤지만, 이미 이들은 마음을 굳힌 듯한 얼굴로 일관했다.

구태여 대답을 들을 필요도 없다는 듯이 수첩을 덮은 허태균 감독이 결론을 지었다.

"민허한테 전화라도 해줘. 우리 팀에 입단하게 된 걸 축하한다고."

*   *   *

ESA에서 공식적으로 강민허의 입단을 환영한다는 연락이 왔다.

강민허의 예상대로였다. 입단 테스트를 보러 가는 동안에도 그는 이러한 결과를 예측하고 있었다.

상대가 1군 프로게이머든 뭐든 간에 이길 자신이 있었다. 물론 코치가 입단 테스트 스파링 상대가 되어줄 거라고는 생각 못 했었지만, 그래도 결과가 좋게 나왔으니 만사 오케이 아니겠는가.

숙소 생활을 기본으로 잡고 있는 ESA 팀이었기에 집주인에게 전화를 해 바로 다음 달에 방을 빼겠다는 통보를 했다.

미리 말이라도 해줬으면 좋지 않았냐는 집주인의 볼멘소리가 스마트폰 너머로 들려왔지만, 갑작스러운 일이 생겨 다른 곳으로 이사를 가게 되었다는 말로 넘겼다.

그렇게 주변 정리를 하며 시간을 보내던 강민허.

ESA 팀 합류까지 채 이틀이 남지 않은 상황에서 부랴부랴 짐 정리를 시작했다.

그렇게까지 짐이 많지 않기에 혼자서도 충분하지 않을까 하고 생각했던 그에게 예상외의 지원군이 방문했다.

띵동!

"예, 나갑니다, 나가요."

현관문으로 향한 강민허가 재차 목소리를 높였다.

"누구세요?"

"나야, 오빠."

"민아냐?"

"응."

"네가 여긴 웬일이냐."

"오빠 내일 모레 숙소 들어간다며? 짐 정리 도와주려고 왔어."

"그건 또 어떻게 안 거야."

고아원에 폐를 끼치기 싫어 일부러 자신의 거처 이동에 대해 단 한마디도 하지 않았다. 윤민아의 성격상 만약 숙소 합류에 대한 사실을 알게 된다면, 필히 지금처럼 손수 도와주기 위해 올 것이 뻔했기 때문이었다.

그리고 민허의 예상은 그대로 적중했다.

한편, 민허의 물음에 민아가 살짝 짜증 섞인 목소리를 냈다.

"일단 안으로 좀 들여보내 주면 안 돼?"

"알았어."

모처럼 여기까지 왔는데, 이대로 다시 돌려보낼 수는 없었다.

결국 문을 열어줬다. 그러자 윤민아가 민허의 어깨 너머로 방 안을 들여다봤다. 이윽고 그녀의 입에서 깊은 한숨이 새어 나왔다.

"어휴, 전쟁터가 따로 없네."

"이사 준비하고 있었으니까 그렇지. 평소에는 깨끗해."

"거짓말하지 마. 오빠가 정리 정돈 못한다는 건 이미 알 만한 사람들은 다 알고 있어."

"……."

같은 고아원 출신이었기에 윤민아는 누구보다도 강민허에 대해 잘 알고 있었다.

가히 친남매나 다름없이 자라왔기에 서로에 대해서도 스스럼이 없었다. 들고 온 가방을 내려놓은 윤민아가 곧장 소매를 걷어 올리고서 행동을 개시했다.

"상자하고 테이프는? 버릴 거는 따로 분류해 두고 미리미리 바깥에다 놓아둬. 나중에 한꺼번에 하려면 정신없을 테니까."

"그보다 질문에 대답이나 해. 누가 알려준 거야."

"감독님이."

"이성현 감독님? 하아, 또……."

민허가 자신의 관자놀이를 지그시 눌렀다.

왠지 그럴 것 같긴 했지만, 막상 이렇게 직접 말로 들으니 한숨이 절로 새어 나왔다. 그러는 동안에도 주변 정리에 돌입한 윤민아가 새겨들으라는 식으로 대답했다.

"감독님한테 너무 뭐라고 하지 마. 내가 먼저 추궁한 거니까."

"그래, 그래. 알았… 야, 야. 그거 버리지 마. 중요한 거라고."

"이거?"

윤민아가 작은 인형을 들어 보였다.

"안 본 사이에 인형 수집 취미라도 만든 거야?"

"그런 건 아니고. 오만 원이나 먹은 놈이라서 버리기도 좀 그렇더라."

"오만 원? 이게?"

얼핏 봐도 비싸봤자 오천 원밖에 안 할 것 같은 인형이었다. 크기도 작고, 퀄리티도 별로고. 그럼에도 불구하고 이것을 오만 원이나 주고 샀다니. 이해가 안 갈 수밖에 없었다.

그러나 그 의문은 머지않아 풀렸다.

"크레인 게임에서 뽑은 녀석이거든."

"오만 원 어치나 한 거야?"

"상관없잖아. 내 돈인데 뭐."

"아니, 그건 딱히 상관 안 하는데… 그보다 오빠, 승부 근성은 여전하네."

강민허. 그는 예전부터 줄곧 이래왔다.

남에게 지고는 못 산다. 강한 승부욕이 지금의 강민허를 만든 것이었다. 물론 재능도 있었다. 그러나 그는 남들이 보지 않는 곳에서 나 홀로 죽어라 연습하는 노력파이기도 했다.

단지 자신이 피 토하는 노력을 했다는 사실을 남들에게 알리고 싶어 하지 않을 뿐.

로인 이스 온라인도 마찬가지였다.

자신을 스스로 천재로 포장했지만, 그 칭호에는 숨은 노력 또한 적지 않게 녹아들어 있었다.

"하여튼 부끄럼쟁이라니까."

"시끄럽다니까. 잠깐, 그것도 버리지 마."

"이 인형도? 이건 얼마짜린데?"

"십만 원."

"세상에. 진짜 가관이다, 가관이야."

가끔은 이런 바보 같은 일면도 보이는 강민허였으나, 그래도 강민허가 윤민아를, 그리고 고아원 모두를 책임지는 든든한 오빠라는 사실은 변치 않았다.

제4장
숙소 생활

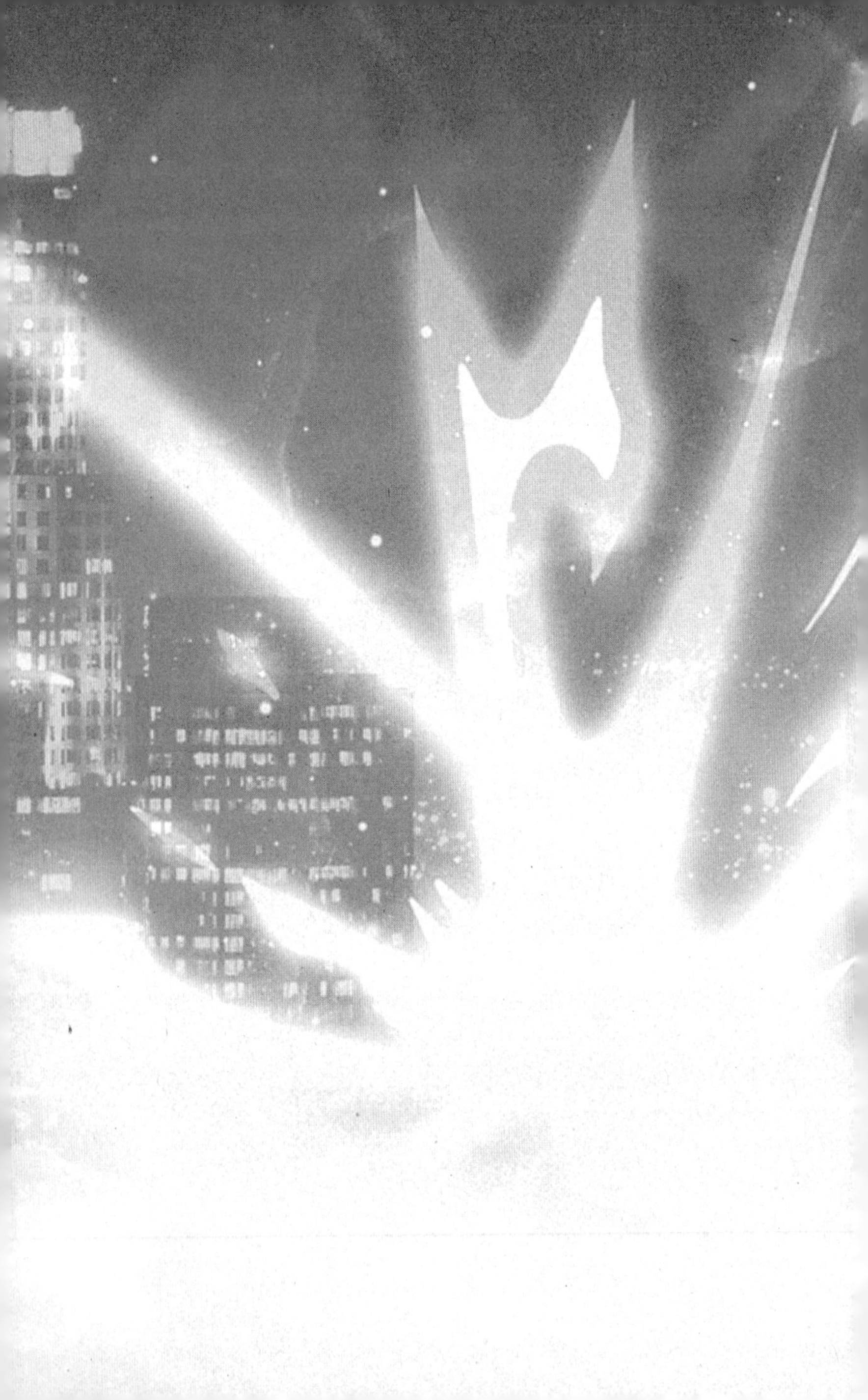

최소한의 짐만을 꾸린 채 ESA 팀원들이 머무는 숙소로 향한 강민허.

그가 가지고 있던 굵직한 물품들은 전부 고아원에 반 강제적으로 기증하게 되었다. 어차피 그것들은 숙소 생활을 하는 데에 있어서 방해만 되기 때문이었다.

냉장고라든지 책상, 그리고 컴퓨터 등. 기본적으로 갖출 건 다 갖추고 있는 ESA 숙소.

10여 명이 넘는 선수들이 같이 동고동락하는 곳이었기에 숙소 규모도 제법 컸다.

민허를 데리고 어느 방으로 안내한 오진석 코치가 빙그레 미소를 선보였다.

"앞으로 여기서 생활하면 된다."

한 방에 이 층 침대가 두 개.

그 말인즉슨, 최소 4명이 이 방에서 머물 거란 뜻이기도 했다.

"여기 방은 누가 사용하는 겁니까?"

"누구였더라."

잠시 말문이 막힌 오진석이었다.

그런 그를 대신해 누군가가 명쾌한 답변을 들려줬다.

"보석이 형하고 저요."

"아, 너희 둘이었냐?"

"네."

성진성. 그가 못마땅한 표정을 유지했다.

4인이긴 하지만, 두 명이 고된 숙소 생활을 견디지 못하고 팀을 나가게 된 이후부터 이 방은 성진성과 한보석, 이렇게 두 명이 사용하고 있었다.

자리가 넉넉한 방을 찾다 보니 본의 아니게 성진성과 같은 방을 사용하게 되었다.

그런 상황이 마음에 들지 않는 모양인지 성진성의 미간이 잔뜩 일그러졌다.

"코치님. 설마 저 녀석, 우리 방으로 배치시키려는 건 아니시죠?"

"그러려고 하는데."

"왜요! 저 녀석이랑 저랑 사이 안 좋은 거 빤히 아시면서도요?! 선수의 사기에 큰 악영향을 미칠 수도 있잖아요!"

"아, 그건 걱정하지 말라고 했어."

"누가요!"

"감독님이."

"……."

허태균은 빈틈이 많아 보이는 남자였지만, 그렇다 하더라도 감독의 직책을 꿰차고 있었기에 팀 내에선 그의 말이 가히 절대적이었다.

그리고 능력 없는 사람도 아니었다. 비록 ESA가 최하위 팀으로 불리고 있지만, 그건 스폰서의 부족한 지원 덕분에 선수 라인업을 제대로 확보하지 못한 이유가 컸다.

오죽하면 나선형이 플레잉 코치로 뛸 정도겠는가.

좀 더 괜찮은 지원 조건을 가지고 있었더라면, 지금처럼 만년 꼴찌 팀이라는 놀림을 안 받았을지도 몰랐다. 물론 어디까지나 결과론적인 이야기였지만 말이다.

그래도 이 정도까지 팀을 이끌어온 것만으로도 대단했다. 꼴찌라고는 하나, 성적순으로 따져서 바로 앞 팀과의 격차는 그렇게까지 확 벌어지지 않고 있었다.

결국 아슬아슬한 꼴찌 팀이라는 소리였다.

조금만 더. 조금만 더 노력하면 그래도 중위권까지는 치고 올라갈 수 있지 않을까.

그러기 위해서라도 특단의 조치가 필요했다.

그 조치 중 하나가 바로 강민허의 영입이었다.

하나 선수들 모두가 그의 입단을 막연하게 환영하진 않았다.

반감을 가지는 이 또한 분명 존재했다. 그중 대표적인 인물이 바로 성진성이었다. 그런데 하필이면 그와 같은 방이라니.

"클레임 걸려면 감독님한테 걸어. 나는 감독님 지시받고 하는 거니까."

"……"

코치 입장에서 가장 좋은 핑곗거리가 바로 '감독님의 지시'라는 형태였다.

선수들이 반감을 드러내면, 오진석 코치는 자연스럽게 허태균 감독의 이름을 거론했다.

책임 전가처럼 보일지도 모르지만, 사실 그것도 아니었다. 허태균 감독 본인이 '그냥 내 이름 대'라고 했기 때문에 이것을 책임 전가라고 보기도 좀 뭣했다.

결국 뜻이 있어서 이런 방 배치를 결정한 것이리라. 그렇게 믿을 수밖에 없었다.

성진성도 허태균 감독이 괜히 허투루 이런 결정을 내리진 않았으리라 믿고 싶었다. 그러나 그 신뢰의 두께는 꽤나 얇았다.

한편, 이들의 대화에 침묵을 지키던 강민허가 슬며시 입을 열었다.

"잘 지내봐, 형."

"누가 니 형이라는 거냐?!"

"에이, 너무 그렇게 깐깐하게 굴지 말고. 같은 2군끼리 잘해보자고."

"…쳇."

짧게 혀를 차며 방을 나서는 성진성.

그런 그의 반응에 오진석 코치가 고개를 가볍게 절레절레 흔들었다.

"자존심 하나는 세가지고."

성진성도 나름 유망주라 불리며 엘리트 길을 걸어온 남자였다. 그런 그의 앞에 강민허라는 천재가 등장했으니, 저런 반응을 보이는 것도 어느 정도 이해는 할 수 있었다.

성진성에게 향했던 시선을 거둔 오진석은 이번엔 강민허에게 신신당부하듯 말했다.

"서로 문제 일으키지 말고 잘해봐. 녀석이 말은 저렇게 해도 심성이 나쁘거나 하진 않으니까."

"노력해 볼게요."

강민허가 그의 부탁에 가볍게 어깨를 으쓱해 보이며 대답했다.

그도 이미 한 번 프로게이머 생활을 거쳐봤기에 같은 팀 선수 간의 트러블이 얼마나 큰 문제를 야기시키는지 잘 알고 있었다.

실제로 그런 경우도 직접 겪어봤다. 그렇기에 팀원 간의 불화는 최대한 피해야 했다.

어렵사리 정해서 들어온 팀인데, 자신 때문에 불화가 생겨 성적이 더 떨어지면 곤란하지 않은가.

'앞으로 해야 할 일이 많군.'

게임뿐만이 아니라 사회생활도 더불어 해야 했다. 이것이 숙소 생활의 최대 단점이었다.

*　　　　*　　　　*

한창 짐 정리를 하고 있던 도중에 방으로 들어온 한 남자가 민허에게 말을 걸어왔다.

"혹시 강민허 씨?"

"예. 접니다만."

뿔테 안경을 착용한 남자가 머쓱한 얼굴로 강민허와 마주했다.

제법 수수한 인상을 주는 남자였다. 길거리를 돌아다니면 흔하게 볼 수 있는 그런 외형이라고 할까.

성진성 같은 임팩트는 다소 부족해 보였다.

뿔테 남자가 슬그머니 손을 내밀며 악수를 청했다. 그러면서 동시에 자신을 소개했다.

"한보석이라고 합니다. 올해 29살로, 민허 씨랑 같은 2군에서 뛰고 있죠."

"강민허입니다. 저보다 4살 연상이시네요. 말 편하게 하세요, 형."

"편하게라… 그래도 될까?"

"네. 물론이죠."

"하하, 진성이에게 들었던 그대로구나. 그 녀석한테도 대뜸 형이라고 했다며?"

"어차피 같이 생활할 사람들인데, 존댓말 하면서 어렵게 대할 필요 없잖아요."

"하긴, 그렇지."

호형호제(呼兄呼弟)하며 지내는 것도 나쁘진 않았다. 한보석 역시 오히려 그런 식의 관계를 유지하는 게 빠르게 친해지는 지름길이라 생각한 모양인지, 성진성과 달리 큰 반감을 드러내지 않았다.

"짐 정리, 도와줄까?"

한보석이 먼저 도움의 손길을 자처했다. 그러나 민허는 괜찮다는 식으로 그의 친절을 사양했다.

"짐이 얼마 없어서 금방 끝나요. 마음만 감사히 받겠습니다."

"듣던 것과 다르게 예의 바르네. 진성이는 싸가지 없는 후배가 들어왔다고 엄청 불평하던데."

"첫 만남이 안 좋아서 그랬던 것뿐이지, 알고 보면 저만큼 예의 바른 사람은 없어요."

"그래? 기대되네."

처음 보는 관계임에도 불구하고 청산유수였다 이것이 이미한 번 프로게이머 생활을 해본 자의 여유였다.

물론 한보석 역시 잘 알고 있었다. 강민허의 과거 이력에 대해서 말이다.

"트라이얼 파이트 7 프로게이머였다고?"

"네."

"세계 대회 우승까지 했다며. 대단하네."

"뭐, 기본이죠."

"종목 바꾼 거, 아깝지 않아? 거기서 그대로 계속 프로게이머 생활하면 그래도 나름 대접도 좋게 받았을 텐데."

"리오 쪽이 더 대우가 좋으니까요."

"하긴, 그것도 맞는 말이지."

강민허는 현실적인 남자였다. 비록 트라이얼 파이트 7에서 잘나가던 프로게이머였지만, 상금 규모라든지 인지도 면을 따진다면 로인 이스 온라인이 압도적이었다.

그렇기에 과감하게 자신의 주 종목을 버리고 다른 종목으로 전향을 선택하게 되었다.

그 선택이 옳은지, 아닌지는 이제부터 민허가 직접 증명해 나갈 일이었다.

대충 짐 정리를 끝내자, 한보석이 기다렸다는 듯이 곧장 말을 이었다.

"다 끝냈으면 간단하게 숙소 소개해 주면서 규칙 알려줄게."

"감사합니다, 형."

"천만에. 본래는 신입 들어오면 진성이가 했었는데, 너랑은 영 케미가 안 맞는 거 같으니, 내가 해야지 뭐."

"나중에 술이라도 한잔해야겠네요."

"술이라. 개인적으로 비추하고 싶은데."

"왜요?"

"그 녀석, 술에 취하면 개가 되거든. 아무도 못 말려."

"흠, 그렇군요."

그래도 술을 싫어하거나 그런 건 아닌 듯했다.

나중에 분명 친해지는 계기가 있으리라. 그런 생각을 품으며 한보석의 뒤를 따라 장소를 이동했다.

*   *   *

숙소는 2층 단독주택으로 구성되어 있었다. 2층이 연습실, 그리고 1층이 숙박 용도로 사용되고 있었다.

연습실의 규모 자체는 그리 큰 편이 아니었다. 애초에 선수 숫자도 많지 않은 편이었기에 꽤나 넉넉한 환경을 자랑하고 있었다.

가장 먼저 1층을 돌아보기 시작했다.

비교적 쾌적한 거실이 가장 먼저 민허를 맞이했다.

"여기가 거실이야. TV 보거나 아니면 비디오게임하거나 할 때 사용하는 곳이지."

"비디오게임요?"

"어. TV 밑에 선반 보이지? 거기에 비디오게임 기종별로 다 있으니까 마음대로 해도 돼. 타이틀은 옆에 책장에 꽂혀 있고… 아, 트라이얼 파이트도 가끔 해도 상관없어. 여기 선수들도 그걸로 점심, 저녁 내기하거나 하니까."

"내기에서 질 일은 없겠네요."

"하하하! 그러게."

물론 민허에게 트라이얼 파이트로 대전 신청하는 바보는 없을 것이다. 이미 결과가 뻔했으니까.

"다음은… 아, 여긴 코치님들하고 감독님이 사용하는 사무실. 함부로 안 들어가게 잘 기억해 둬."

"네."

"그리고 여기는 부엌. 혹시 요리 잘해?"

"기가 막히게 잘하는 게 하나 있습니다."

"뭔데?"

"라면이요."

"아… 그러냐."

한보석의 얼굴에서 실망의 기운이 물씬 풍겨왔다. 민허에게 죄가 있다면, 너무 솔직했다는 점이지 않을까 싶었다.

"요리해 주는 아주머니가 가끔 오시긴 하는데, 야식이라든지 이런 건 대부분 코치님이 해주서. 두 분 다 기본적으로 요리는 할 줄 아시거든. 아, 감독님도 할 줄 아서."

"오, 다재다능하시네요."

코치진, 그리고 감독의 넓은 재능에 감탄사를 들려주는 강민허였다.

부엌을 지나쳐 2층으로 향하는 두 남자.

아직 알려줘야 할 것들이 많았다.

계단을 오르는 동안에도 한보석의 입은 쉴 생각을 하지 않았다.

"아까 알려준 거실하고 부엌은 취침 시간 이후에도 이용할 수 있긴 한데, 다른 사람들 수면에 방해가 되지 않게끔 주의하면서 쓰도록 해."

"명심할게요."

"어디 보자. 이다음이 연습실인데……."

프로게이머에게 있어서 가장 중요한 장소라 할 수 있는 곳이었다.

2층으로 올라서자, 다수의 컴퓨터들이 진열되어 있는 공간이 모습을 드러냈다.

그곳에 각자 자리를 잡아 맹연습을 하는 프로게이머들. 같은 연습 공간이었지만, A구역과 B구역으로 나뉘어져 있었다.

민허는 그것이 무엇인지를 본능적으로 알아차릴 수 있었다.

1군과 2군 연습 장소를 구분해 놓은 것이었다.

"저쪽이 1군이 연습하는……."

한보석이 말을 이으려던 찰나였다.

"어제 그 신입 아니야?"

때마침 복도를 지나가던 남자가 이들에게 관심을 보여왔다.

꽤나 사무적인 인상을 가진 남자. 민허는 그의 얼굴과 이름을 기억하고 있었다.

게임 채널을 보면 간혹 모습을 드러내는 프로게이머 중 한 명이었다.

'최승헌 선수였었지, 아마.'

ESA 팀의 주장을 맡고 있는 남자. 최승헌이었다.

ESA 팀의 주장이자 에이스로 불리는 남자, 최승헌.

거의 ESA 팀을 먹여 살린다 하더라도 과언이 아니었다.

로인 이스 온라인 개인 랭크 상위 10위 안에 들어가 있을 만큼 실력 있는 선수라 할 수 있었다. 실제로 개인 리그에 나가서 준우승이라는 좋은 성적을 거둔 적도 있었다.

그러나 그런 성적에 비해 프로 리그에서는 그리 빛을 보지 못하고 있었다. 애초에 3 대 3 팀전이었기에 그의 개인 기량이 프로 리그까지 이어질 수 없는 시스템이기도 했으니 말이다.

그럼에도 불구하고 최승헌은 계속해서 이곳에 남아 있었다. 충분히 다른 팀으로 갈 수 있는 역량이 됨에도 불구하고 그가 왜 ESA에 남아 있는지, 민허는 그것이 궁금했다.

그런 그가 민허를 먼저 알아보고 다가왔다.

"반갑습니다. 최승헌이라고 합니다. 이 팀의 주장을 맡고 있죠."

"강민허입니다. 그리고 말 편하게 하셔도 돼요."

"음, 그럴까?"

민허의 제안을 곧장 받아들이는 최승헌. 그의 입장에선 오히려 이렇게 말을 놓는 것이 더 편할지도 몰랐다.

이 팀의 주장 아니겠는가. 프로 리그 때에 부스에 들어갈 수 있는 사람은 오로지 선수, 그리고 주최 측에서 파견한 감독관뿐이다. 코치진이 부재중인 상황에서 실시간으로 팀을 이끌고 진두지휘하는 건 바로 팀의 주장인 최승헌이었다.

그래서 일찌감치 이렇게 말을 놓는 편이 같은 팀원에게 지시를 내리기도 편하고 좋았다. 그것이 그의 스타일이었다.

"입단 테스트 때 경기, 잘 봤어. 인상적이던데."

"감사합니다."

"다만 뭐랄까. 캐릭터 육성에 욕심이 없어 보이던데. 끝까지 5레벨로 밀고 나갈 거야?"

"네. 스탯은 그게 딱 라울에 가깝거든요."

"코치님들한테 들었던 그대로네."

최승헌도 코치들에게 민허가 일부러 스탯과 레벨을 올리지 않고 5레벨로 고정시킨 이유가 뭔지 들은 적이 있었다.

그래도 여러모로 불안할 수밖에 없었다. 5레벨 프로게이머라니. 듣도 보도 못한 존재였다.

뭔가 좀 더 말을 해주고 싶어 하는 최승헌이었지만, 그를 찾는 이가 한둘이 아니었다.

"승헌이 형, 곧 레이드 열리는데 어떻게 하실래요?"

"딜러가 부족할 거 같아요."

"알았어, 바로 갈게."

최승헌이 팀원들에게 곧 가겠다는 말을 들려줬다.

로인 이스 온라인은 MMORPG 게임이다. PvP 연습도 중요하지만, 주기적인 사냥을 통해 보다 더 좋은 아이템을 노려야 하는 건 당연한 일이었다.

"그럼 나중에 좀 더 심도 있게 이야기하자."

"네, 고생하세요."

"오늘, 득템 기원합니다!"

민혁와 한보석이 제각각 최승헌의 레이드 사냥을 응원했다.

그가 모습을 감추자, 그제야 한보석의 입이 가벼워졌다.

"후우. 괜히 긴장했네."

"긴장할 만한 게 있나요? 코치나 감독님도 아닌데."

선수들끼리도 '승헌이 형'이라고 불릴 정도였으니, 서로 꽤 친하게 지내는 편이 아닐까 생각했었다. 그러나 한보석의 대답은 달랐다.

"평소에는 착하긴 한데, 엄격할 때는 엄청 엄격해. 저렇게 보여도 우리 팀의 군기 반장이기도 하거든."

"맡은 역할이 많네요."

에이스에 주장에 군기 반장까지. 한 명이 여러 역할을 하고 있으니 말 그대로 원 맨 팀이라 불려도 손색이 없을 정도였다.

실제로 최승헌이 없었더라면 ESA의 성적은 바닥을 쳤을 것이다.

"그나저나 레이드라… 시간이 벌써 그렇게 됐나 보네."

한보석이 벽에 걸린 시계를 응시했다.

오후 2시 55분. 3시부터 저녁 9시까지 한정적인 시간에만 열리는 던전이 하나 있었다.

상급자용으로 분류되는 던전이었기에 제대로 된 장비와 파티 구성원을 갖추지 못하면 순식간에 전원 사망이라는 결과와 마주하게 될지도 몰랐다.

"형은 레이드 안 뛰어요?"

민허가 슬쩍 그를 떠봤다. 그러자 보석이 곧장 민허의 말속에 담긴 진의가 무엇인지 눈치챈 듯 물었다.

"필요한 아이템이라도 있어?"

"액세서리 하나 있어요."

캐릭터 레벨을 5까지 만들어놓은 뒤, 그 이후부터 줄곧 민허가 매진했던 작업이 하나 있었다.

바로 로인 이스 온라인에 현존하고 있는 모든 아이템 정보 목록들을 살피는 일이었다.

당연한 말이지만, MMORPG 게임은 캐릭터의 스탯과 레벨만으로 강해질 수 없다. 일정 수준까지는 쓸 만한 단계까지 올 수는 있지만, 그 이상을 노린다면 아이템이 필요하다.

물론 그건 민허에게도 해당되는 이야기였다.

제아무리 비정상적인 피지컬로 게임을 지배하는 천재 게이머라도 아이템은 필요한 법이었다.

특히나 라울을 100% 완벽하게 구현하려면 더더욱 아이템의 도움을 받아야 했다.

이미 목록까지 다 정리해 뒀다. 구해야 하는 아이템 개수는 각 부위별로 총 10개. 그중 오늘 한정적으로 열리는 레이드 던전에는 민허가 탐내고 있는 악세사리 아이템 중 하나인 '아칸의 벨트'가 있었다.

"음, 나도 필요한 게 있긴 한데……."

한보석의 말을 곧바로 캐치한 민허가 제안을 건넸다.

"같이 레이드 뛰러 가실래요?"

"좋지. 사실 누구랑 뛰러 갈지 고민 중이었거든."

"여기 팀원들이랑 뛰면 되지 않나요?"

"이미 필요한 템 다 얻어서 안 뛰는 팀원들이 꽤 되니까. 어디 보자. 그럼 너하고… 진성아! 오늘 너, 나한테 늦지 던전 가자고 하지 않았냐?"

바로 근처에서 PvP 맹연습에 몰두하던 성진성의 손이 멈췄다.

그도 사실은 오늘 열리는 레이드 던전에 가야 했다. 아직 못 얻은 아이템이 하나 있었기 때문이다.

사실 성진성은 민허와 한보석이 주고받는 이야기를 몰래 듣고 있었다. 두 사람이 같이 파티 멤버를 구하고 있다는 사실을 알고 있었기에 쉽사리 승낙할 수가 없었다.

자존심이 그의 발목을 붙잡았기 때문이었다.

'아니, 잠깐만. 생각해 보면 오히려 이건 기회 아닌가?'

순간적으로 그의 뇌리를 스치고 지나가는 생각이 하나 있었다.

같은 파티로 던전을 공략하다 보면, 강민허의 약점이 무엇인지 알 수 있게 되지 않을까?

성진성은 솔직히 지금 자신의 입장에서 보자면, 강민허의 약점이 무엇인지 제대로 알 수 없었다. 아니, 알고 싶어도 알아내지 못하고 있었다.

그렇기에 더더욱 그에 대한 정보를 필요로 했다. 지금 당장은 강민허에게 이길 수 없다 치더라도 그건 어디까지나 현재의 이야기일뿐. 당한 건 나중에 되갚아주면 그만 아니겠는가.

그런 생각이 들자, 성진성이 자신의 의견을 번복했다.

"갈게요."

"오, 진짜?"

"네. 남자는 한 입으로 두말하지 않는 법이니까요. 오전에 형한테 레이드 가자고 먼저 말한 사람은 전데, 이제 와서 안 가겠다고 말하는 것도 민폐잖아요."

"하긴, 그렇지."

사실 한보석은 성진성이 그의 제안을 거절할 줄 알았다. 그가 싫어하는 강민허가 파티 멤버로 들어오게 되었으니 말이다.

무슨 심경의 변화가 생긴 것인지 구체적으로 알긴 힘들었지만, 그래도 크게 상관없었다. 오히려 같은 방을 쓰게 된 사람들끼리 이런 식으로 계속해서 친목을 다져 나가는 것만으로도 크나큰 이득이었다.

"그럼 우리도 바로 가자. 그러고 보니 민허 자리는……."

아직 정식으로 배정되지 않은 강민허의 자리가 문제였다.

그때, 마침 2층으로 올라온 나선형 코치가 이들의 대화 내용을 들은 모양인지 곧장 말을 이었다.

"2군 쪽 베란다 방향으로 가장 끄트머리에 있는 자리. 거기가 민허, 앞으로 네 자리다."

"네, 알겠습니다."

자리에 대한 불만은 없었다. 아니, 오히려 구석 쪽에서 혼자만의 영역을 갖출 수 있게 되었으니 민허로서는 대만족이었다.

그러나 한 가지 불안 요소가 있었다.

베란다 바로 옆이었기에 여름이면 한없이 덥고, 겨울이면 한없이 추울 것으로 예상되었다.

'뭐, 막내니까 어쩔 수 없지.'

어딜 가나 막내가 고생이다. 그건 사회생활 불변의 법칙이
아닐까.

＊　　　＊　　　＊

늪지 던전은 만렙 유저들도 상당히 어려워하는 사냥터였다.

그만큼 레어한 보상을 준다고는 하지만, 클리어할 수 있는
조건이 매우 까다로웠다.

우선 레이드 참가 인원 숫자가 최소 인원인 4명으로 고정되
어 있다는 게 던전 클리어 난도를 격상시켰다.

로인 이스 온라인에는 다양한 직업군이 존재했다. 그렇기에
직업 조합에 따라 보다 다양한 전략과 전술을 구사할 수 있었
다.

하나 4명으로 고정되어 있으면, 그 다양성의 범위도 확연하
게 줄어들 수밖에 없었다.

"어디 보자. 진성이, 네가 딜러 하면 되고. 내가 버프 걸어주
고, 탱은……."

고심하는 한보석의 귓가에 민허의 자신감 가득한 목소리가
들려왔다.

"제가 탱 할게요."

"니가?"

"네."

"너, 5레벨밖에 안 되잖아. 한 대 맞으면 금방 골로 갈 텐데?"

"다 방법이 있으니 너무 걱정 마세요. 그보다 자리 하나 남는데, 누가 필요하나요?"

"음… 안정적으로 하려면 힐러가 필요하지."

희귀성으로 따지면 가장 높은 직업 중 하나였다.

하기야 보통 플레이어라면 몬스터를 사냥하는 맛에 게임을 하지 않는가. 그러나 힐러의 경우에는 힐과 버프 같은 후방 지원만 반복하며 플레이하다 보니 사실 그렇게까지 재미가 있진 않았다.

물론 PvP 대회에서도 마찬가지였다. 딜이나 탱 유저가 많다 보니 힐러 유저는 PvP에서 거의 찾아보기 힘들었다.

그렇다고 힐러가 결코 약하다는 건 아니었다. 실제로 로인이스 온라인 개인 리그에서 우승 트로피까지 거머쥔 힐러도 존재했다.

그렇다 하더라도 일부러 힐러를 자처해 하는 사람은 사실 그렇게 많지 않았다.

ESA 팀 내에서도 힐러 포지션을 메인으로 삼는 선수는 거의 없다시피 했다. 그나마 있던 힐러들도 다른 1군 선수들과 함께 레이드 파티를 구성했으니, 더 이상 같은 팀 내에서 힐러를 구할 수는 없었다.

그때, 성진성이 스마트폰을 들어 보이며 물었다.

"예나한테 연락해 볼까요?"

"예나? 글쎄. 같이 파티 맺어줄까?"

"아마도 될걸요. 아까 단톡방 보니까 파티 구하고 있던데, 지원하는 사람이 아무도 없더라고요."

"하긴, 그 녀석. 깐깐한 성격이니까. 민허, 너는 어때?"

질문의 타겟이 민허에게로 향했다. 그러나 불행하게도 민허는 예나라는 게이머를 본 적도, 들은 적도 없었다.

"전 그 사람이 누군지도 모르는데요."

"뭐야. TV 안 봤어? 1군에서 뛰고 있는 여성 프로게이머, 서예나. 몰라?"

"네. 도백필 선수밖에 몰라요."

"진짜 별난 녀석이네."

서예나도 나름 높은 커리어를 지니고 있는 프로게이머였다. 그럼에도 불구하고 민허는 그녀의 존재를 알지 못했다.

아니, 알 필요도 없었다. 애초에 강민허의 목표는 도백필이었으니까.

그를 쓰러뜨리고 강민허 자신이 로인 이스 온라인 1인자로 군림한다. 그것이 그의 목표 중 하나였다.

민허와 한보석이 대화를 나누는 사이에, 성진성이 스마트폰 액정 화면을 응시하며 말했다.

"형, 연락 왔어요."

"같이 간대?"

"그게······."

잠시 뜸을 들이던 성진성이었으나, 이내 천천히 입을 열며 결과를 들려줬다.

"같이 간대요."

"오, 진짜?"

사실 한보석은 그렇게까지 큰 기대를 하지 않았다.

서예나는 실력 좋은 힐러로 널리 평가받고 있는 인물이었지만, 성격이 워낙 까다로웠기에 같이 파티하려는 사람이 드물었다.

심지어 같은 소속 팀원 프로게이머들조차도 그녀와의 파티를 기피할 정도였으니, 그쯤 되면 이미 말 다한 셈 아닐까 싶었다.

스마트폰을 내려놓은 성진성이 묘한 표정을 지어 보이며 말했다.

"근데 좀 걱정되는 게 있는데요."

"뭔데?"

"예나가 저 녀석 캐릭터 보고 파티 탈퇴하겠다고 하면 어떻게 하려고요."

"저 녀석이 누군데. 민허?"

"네."

"흠, 그러고 보니……."

5레벨밖에 안 되는 유저를 데리고 가면, 까다로운 성격의 예나가 가만히 있을 리 없었다. 그녀를 설득할 만한 이유가 필요한데, 그런 것도 없으니 그저 난감할 따름이었다.

"일단 접속부터 하고 보자. 설명은 나중에 하면 되니까."

"어떻게 되든 전 모릅니다."

성진성이 한보석에게 책임 전가를 했다.

한편, 두 사람의 대화를 빤히 듣고 있음에도 불구하고 모른 척하며 자리에 앉은 민허 역시 바로 로인 이스 온라인에 접속했다.

만나기로 한 장소에 도달하자, 아리따운 금발의 여성 캐릭터가 이들을 맞이했다.

―왜 이렇게 늦었어요. 기다리느라 목 빠지는 줄 알았잖아요.

보이스 프로그램을 통해 그녀의 쏘아붙이기가 시작되었다. 그녀의 그런 모습을 보자마자 민허가 속으로 쓴웃음을 지었다.

'성격이 보통이 아니군.'

한보석으로부터 예나의 성격이 어떻다는 것을 간략하게나마 미리 접했던 민허였으나 귀로 듣는 것과 직접 눈으로 보는 건 확연한 차이가 있었다.

그 와중에 잠시 동안 예나의 캐릭터가 행동을 정지했다. 아마도 새로운 얼굴, 강민허의 캐릭터인 라울의 인벤토리와 능력치를 확인하기 위함이 아닐까 싶었다.

"……"

"……"

한보석과 성진성이 입을 굳게 다문 채 결과를 기다렸다.

두 사람은 강민허의 실력을 익히 잘 알고 있었다. 특히나 성진성의 경우에는 직접 민허와 겨뤄보기까지 했으니 그의 플레이에 토를 달 수 없었다.

그러나 예나는 이들과 입장이 달랐다.

직접 입단 테스트 장면을 목격했던 것도 아니고 말이다.

서예나의 스타일이라면, 분명히 '쪼렙은 NO!'라는 대답이 나올 것이다.

그러나 이들의 예상과는 다른 반응이 튀어나왔다.

―이 사람이 소문의 그 아마추어 게이머예요?

―어? 너 혹시 이 녀석 알고 있어?

어벙한 표정으로 묻는 성진성이었다. 그러자 서예나가 당연하다는 듯한 말투로 일관했다.

―네. 유명하잖아요. 오버파워 PC방 대회에서 준프로들을 꺾고 우승한 아마추어 플레이어, 라울. 저희 팀에도 알 만한 사람은 다 알아요. 청하 오빠가 라울의 결승전 상대였잖아요?

―아, 그랬었지.

잠시 잊고 있었다. 서예나가 소속되어 있는 팀은 나이트메어. 그곳에 몸을 담고 있는 준프로 중 한 명이 바로 이청하 선수였다.

이청하 선수 역시 성진성과 마찬가지로 PC방 대회에서 강민허에게 패배의 쓴맛을 본 인물 중 한 명이었다. 그러니 같은 팀인 예나가 모를 리가 없었다.

그 틈을 타 한보석이 바로 기회를 노렸다.

―그럼 민허 같이 데려가도 되는 거지?

―민허? 이름이에요?

서예나의 물음에 곧장 민허가 입을 열었다.

―안녕하세요. 이번에 ESA 팀에 새로 합류하게 된 강민허라고 합니다.

―나이트메어 팀의 서예나예요. 잘 부탁드려요.

―저야말로요.

―그나저나 감독님이 민허 씨 연락처 알아내려고 그렇게나 수소문을 했었는데, 결국 ESA 팀으로 먼저 가버렸네요.

―그렇게 되었습니다.

나이트메어 감독 역시 강민허를 매우 탐냈었으나, 빠른 기간 내에 연락처를 알아낼 방법이 없었기에 그를 놓치고 말았다.

물론 제의가 들어왔다 하더라도 강민허 본인이 곧장 입단 결정을 내리진 않았을 테지만 말이다.

말로만 듣던 강민허의 실력도 보고 싶었기에 서예나가 흔쾌히 한보석의 물음에 답했다.

―같이 가죠.

―오케이. 그럼 바로 가자.

―네.

그렇게 세 명의 ESA 팀원과 한 명의 나이트메어 팀원으로 구성된 4인 파티가 늪지 던전으로 향하는 첫 단계에 발을 들였다.

*　　　*　　　*

늪지 던전의 가장 큰 특징 중 하나는 바로 맵이었다.

늪지라는 콘셉트에 맞게 지형이 늪지로 디자인되어 있었다. 늪지는 캐릭터의 움직임, 행동 속도를 너프시키는 효과를 가지고 있었기에 플레이어들이 꽤나 어려워하는 던전에 속했다.

최대한 감속 저항 세트를 갖춰 입고 오긴 했지만, 그렇게 되면 딜이라든지 방어력이 부족해진다. 그렇다고 감속 저항 옵션을 포기하자니, 움직임이 느려 딜이 나오지 않는다.

여러모로 진퇴양난이었다.

게다가 맵 디자인 역시 우중충한 정글 형태였기에 시야 확보에도 꽤나 어려움을 겪을 수밖에 없었다.

—그런데 우리, 탱은 누구예요?

던전에 입장하자마자 서예나가 곧장 날카로운 질문을 날렸다.

탱 포지션이 누구인지를 알아야 주기적으로 힐 스킬을 꽂아 넣든 말든 하지 않겠는가.

답변을 들려준 건 파티장인 한보석이었다.

—저 친구야.

—…네?

서예나가 자신도 모르게 되물었다.

그럴 수밖에 없었다. 왜냐하면 한보석이 가리킨 상대방이 바로 5레벨 유저, 강민허였기 때문이다.

—아니, 잠깐만요. 보석 오빠, 진심으로 하는 소리예요?

—응.

—5레벨밖에 안 되잖아요. 여기 늪지 던전, 저렙용 던전 아니에요. 템 제대로 갖춘 만렙들도 고생해서 클리어할까 말까

하는 던전인데, 가장 중요한 탱 포지션을 저 사람한테 맡기자고요?

ㅡ실력은 너도 잘 안다면서?

ㅡ그것과 이것은 별개죠!

5레벨 탱커. 듣도 보도 못했다. 그러나 당사자인 강민허는 오히려 담담한 표정으로 앞을 향해 나아갈 뿐이었다.

ㅡ그러다가 클리어 못 하면 어떻게 하려고요. 여기 던전, 일주일에 딱 한 번 돌릴 수 있잖아요. 게다가 재도전도 못 하고. 실패하면 다음 주까지 기다려야 하는데, 그럴 인내심 저한테는 없어요.

ㅡ알고 있다니까. 그냥 나 믿고 한번 가자. 어차피 던전 들어왔으니까 나가지도 못하잖아. 안 그래?

ㅡ…이럴 줄 알았으면 오지 말걸.

서예나의 깊은 한숨 소리가 확연하게 들려왔다. 그래도 한보석의 말이 맞았다. 이미 들어온 이상, 나가는 것도 불가능했다.

퇴장하게 되면 도전을 포기하는 것과 마찬가지가 된다. 그럼 결국 서예나의 말대로 다음 주까지 기다려야 재입장이 가능하다.

그것만큼은 피하고 싶었다. 인내심이 별로 없는 서예나로선 성공하든 실패하든 간에 뭐가 되든 도전해 보는 쪽이 좋았다.

이로서 이동 순서는 탱 포지션을 차지하게 된 강민허가 가장 앞을, 보조 딜러 겸 버프 담당의 한보석과 힐러인 서예나가 각각 두 번째와 세 번째를, 마지막으로 메인 딜러인 성진성이 가장 마지막을 차지하게 되었다.

길 자체도 좁았기에 일렬로 행렬을 하는 게 좋았다.

길을 걷던 도중에 한보석이 앞서 걸어가는 민허에게 새겨들으라는 식으로 정보를 전달했다.

―민허야. 아까 늪지 던전, 돌아본 적 없다고 했었지?

―네.

―여기는 잡몹은 안 나오고, 이 길 지나면 바로 보스랑 마주할 거야. 그러니까 탱인 네가 어그로만 잘 끌어주면 돼. 패턴 모르지? 알려줄까?

―아니요, 괜찮습니다. 보고 외우면 되니까요.

강한 자신감을 보이는 강민허였으나, 서예나의 불신은 여전했다.

5레벨인 주제에 공략도 안 보고 오다니. 근거 없는 자신감에 서예나의 머릿속은 점점 복잡해지기 시작했다.

'저 남자가 정말 청하 오빠가 그렇게나 칭찬한 사람 맞아?'

자신의 눈으로 직접 보기 전까지는 믿기 힘들었다.

때마침 늪지 바닥이 크게 흔들리기 시작했다.

넓은 늪지대의 등장과 함께 한가운데에 모습을 드러내는 거대한 몬스터.

생김새는 대게와도 같았다.

[블랙 크랩]

[Level: 60]

[HP: 15,000]

[짐승 타입]

[대형 몬스터]

[수속성]

[거대한 집게발이 주 무기인 보스 몬스터. 한번 잡히면 빈사 상태까지 갈 수 있다.]

—이게 보스인가요?

강민허가 확인 차원에서 물었다. 여유로운 그와 반대로 한보석과 다른 일행들은 전투 준비를 하느라 바빴다.

—맞아! 가서 어그로 좀 끌어줘라! 버프 걸어줄게! 뭐 걸어줄까?

—헤이스트요.

—알았어!

늪지 타일이었기에 민허가 원하는 몸놀림을 발휘하기 힘들었다. 물론 감속 저항 세트를 갖춰 입으면 되지만, 불행하게도 민허는 아직까지 템 파밍이 덜된 상황이었다. 그래서 감속 저항 세트마저 가지고 있지 못했다.

그나마 한보석의 헤이스트 스킬 덕분에 움직임이 한결 빨라졌다.

'좋아, 이 정도면 할 만해!'

시원스러운 웃음과 함께 폭발적인 속도로 앞을 향해 냅다 뛰어가는 강민허.

그의 모습을 보자마자 성진성이 고함을 내질렀다.

―얌마! 죽으러 가는 거냐?!

―설마 그럴 리가.

레이드 보스를 공략하는 데에 있어서 가장 중요하고 효율적인 방법은 바로 패턴 파악이었다.

크르르르릉!!!

블랙 크랩이 민허를 내려치기 위해 오른쪽 집게를 들어 올렸다.

놈의 낌새를 눈치챈 민허가 빠르게 옆으로 굴렀다. 그러자 쿠우웅!! 하는 굉음과 함께 민허가 있던 늪지 타일이 움푹 패였다.

'내려치기 공격 패턴, A. 그다음은……'

일부러 공격은 하지 않았다. 패턴 파악 전까지는 최대한 회피, 방어에 치중하기로 결심했기 때문이었다.

특히나 강민허의 레벨은 5밖에 되지 않았다. 템도 제대로 갖추지 못한 상태에서 한 대라도 맞는 순간, 골로 갈 수 있었다.

물론 본인은 스스로가 블랙 크랩에게 어이없는 죽임을 당할 거란 생각은 추호도 하지 않았다.

그렇게 공격 패턴 파악을 위해 어그로를 끌며 회피에 집중한 사이, 성진성의 목소리가 들려왔다.

─비켜봐라, 큰 거 한 방 넣을 테니까!

성진성이 자신의 주무기인 롱소드, 가르시아의 신념을 들고 빠르게 돌진했다. 한보석으로부터 민허와 같은 가속 버프를 받은 모양인지 평소에 보여주던 그의 움직임보다도 몸놀림이 더 빨랐다.

그러나 블랙 크랩 역시 만만치 않았다.

갑자기 블랙 크랩의 등껍질 색깔이 회색에서 짙은 검은색으로 변색되기 시작했다.

─이런……!

그 패턴이 무엇인지 알고 있는 모양인지 성진성이 공격을 거둬들였다.

스톤 아머. 블랙 크랩의 메인 스킬 중 하나였다.

자신의 방어력을 극대화로 올리는 스킬로, 스톤 아머가 발동된 순간에는 물리, 마법 계열 공격이 통하지 않았다.

사실 스톤 아머 자체는 무섭지 않다. 그저 방어만 하는 스킬에 불과했으니 말이다.

문제는 이다음이었다.

패턴을 다 알고 있는 사람 중 한 명인 한보석이 경고했다.

─모두 뒤로 물러서라! 저거, 아이언 크로 패턴이다!

블랙 크랩은 스톤 아머 발동 이후, 곧바로 아이언 크로 공격을 날린다. 위협적인 범위 공격 스킬이기에 빠르게 멀리 떨어져야 했다.

그러나 스톤 아머 발동 시, 늪지의 감속 효과가 3배 이상 증가한다. 덕분에 헤이스트 버프를 받았음에도 불구하고 파티원들의 움직임이 급격하게 느려졌다.

아이언 크로가 발동되기 전에 공격 범위를 벗어나야 했다. 그러나 늪지 때문에 제시간 내에 도망치기 힘들어 보였다.

그 순간, 강민허의 입가에 미소가 그려졌다.

─진성이 형, 딜 넣을 준비해.

─뭐?! 미쳤냐! 도망쳐야지, 무슨 딜이야!

그러나 강민허는 여전히 자신만만한 태도를 유지했다.

─걱정하지 마. 내가 기가 막힌 딜 타임 만들어줄 테니까.

블랙 크랩의 거대한 집게가 위협적으로 다가왔다.

아이언 크로. 방어력 스탯 수치를 상승시켜 주는 아이템을 둘둘 두른 탱커들조차도 아이언 크로에 정통으로 맞으면 반피 이상이 깎인다는 말이 돌 만큼 위협적인 공격이었다.

게다가 단일 타겟팅도 아닌 범위 공격이었다. 맵 타일 자체도 늪지 형태였기에 조금만 방심했다간 아이언 크로 공격 범위에서 벗어나지 못하게 되었다.

지금이 딱 그 상황이었다.

어차피 이대로 있다간 전멸이었다. 그렇다면 최소한 도박이라도 해봐야 하지 않겠는가!

—후우…….

호흡을 길게 내쉬던 강민허가 정신을 집중했다.

격투 프로게이머들에겐 특징이 하나 있었다. 바로 캐릭터의 움직임을 프레임 단위로 포착해 바로 반응한다는 것이었다.

블랙 크랩도 마찬가지였다. 놈의 공격을 프레임 단위로 쪼개 파악해 냈다. 그리고 정확한 타이밍을 계산해 커맨드를 입력했다.

그가 입력한 스킬은 바로 카운터 어택이었다.

늪지 타일이 감속시키는 건 엄밀히 말하자면 이동속도였다. 캐스팅 속도까지 감속시키거나 하진 않았다.

민허의 정수리 바로 위까지 다가온 블랙 크랩의 집게. 동시에 강민허의 캐릭터인 라울이 빠르고 강하게 오른손을 내뻗었다.

빠아아아아악!!!

경쾌한 타격음이 사방으로 퍼져 나갔다. 이윽고 시스템 메시지 창에 눈을 의심하게 만드는 문구가 새겨졌다.

System: 라울 님께서 카운터 어택에 성공하셨습니다!
System: 블랙 크랩에게 3,000 대미지를 입혔습니다.

─사, 삼천?!

─미친!!

한보석과 성진성의 입에서 절로 욕지거리가 튀어나왔다.

카운터 어택 한 방으로 블랙 크랩의 HP 5분의 1을 빼버린 것이었다. 녀석에게 3천의 대미지를 입히려면 최소한 딜 타이밍을 3번 이상 잡아야 가능한 수치였다. 그럼에도 불구하고 민허는 딜 타이밍도 아닌 오히려 방어, 회피해야 할 타이밍에 강력한 딜을 꽂아 넣었다.

갑작스러운 대미지를 허용한 탓일까. 블랙 크랩의 몸이 크게 휘청였다.

동시에 스턴 판정이 떴다. 전혀 예상치 못한 기회가 찾아오게 된 것이었다.

─어때?

─…….

멍한 표정으로 민허를 바라보던 성진성이었으나, 이내 서예나의 냉철한 목소리가 들려왔다.

―멍 때릴 시간이 어디 있어요?! 빨리 딜이나 넣어요!

―아, 알았어!

서예나 덕분에 정신을 차릴 수 있게 되었다. 한보석 역시 공격을 서두르기 시작했다.

이들에게 공격력 상승 버프를 걸어주기 위한 준비를 서두르던 서예나가 속으로 감탄사를 내뱉었다.

'청하 오빠 말대로였어. 저 사람, 보통내기가 아니야!'

애써 놀라움을 감추는 그녀였지만, 마우스와 키보드를 잡고 있는 손이 다 떨릴 정도였다.

강민허의 완벽한 타이밍에 전율이 흐를 정도였다. 여태까지 그녀가 봤던 카운터 어택 중에서 완벽에 가까웠다.

프로들도 따라 하기 쉽지 않을 터. 그것을 실패 없이 단 한 번에 성공한 강민허란 남자의 정체가 궁금해지는 순간이었다.

*　　　　*　　　　*

그 뒤, 강민허는 블랙 크랩이 아이언 크로 스킬을 사용할 때마다 카운터 어택으로 반격을 해 강제 딜 타이밍을 만들어 냈다.

덕분에 딜러나 힐러 입장에선 상당히 편안한 레이드 던전

플레이가 되었다.

블랙 크랩의 HP가 제로가 되는 순간, 블랙 크랩의 거대한 몸체가 가루가 되어 사라지기 시작했다. 이윽고 던전 클리어를 알리듯 블랙 크랩이 자리 잡고 있던 장소 한가운데에 거대한 보물 상자가 등장했다.

상자 쪽으로 다가간 한보석이 파티원들의 얼굴을 한 번씩 훑어봤다.

―각자, 원하는 템이 나오길 기도해라.

―그래봤자 안 나오는 템은 더럽게 안 나와요.

이미 체념한 모양인지 서예나가 가볍게 어깨를 으쓱였다.

예쁘장하게 생긴 외모에도 불구하고 그녀의 단어 선택은 뭐랄까, 좀 거친 편이었다.

레이드를 통해 나오는 아이템 획득 방식은 간단했다. 아이템이 나오고, 그 아이템이 필요한 사람이 있다면 순차적으로 입찰을 한다. 이후 일정 시간 내에 상위 입찰을 한 사람에게 아이템이 할당된다.

괜히 서로 감정 상하지 않게 하기 위해서라도 필요한 아이템이 겹치지 않게끔 해두는 게 중요했다.

블랙 크랩 퇴치를 통해 나온 아이템은 총 3종. 그중 두 개는 무기 종류였고, 하나는 액세서리 종류였다.

―어디 보자. 건질 만한 게… 어? 예나야. 니 거 무기 하나

나왔네.

—그러게요.

힐러 전용 스태프가 드롭되었다. 그러나 옵션을 찬찬히 살펴보던 서예나가 고개를 가로저었다.

—인트가 너무 낮아요. 그래도 스킬이 준수하게 붙어서 스위칭용으론 사용할 수 있겠네요.

—그럼 네가 가질래?

—그래야죠.

—다른 사람들도 동의하지?

민허와 성진성도 고개를 끄덕였다. 그 뒤, 세 남자가 입찰 포기 버튼을 클릭하자, 스태프가 서예나에게 할당되었다.

다른 무기 하나는 파이터 전용으로, 불행하게도 이곳에 파이터 직업을 가지고 있는 사람은 없었다.

결국 랜덤으로 돌려 아무나 가지기로 합의를 본 네 사람. 참고로 파이터용 너클 무기를 얻은 사람은 성진성이었다.

—검이나 나올 것이지. 쳇.

아쉬움을 담아 혀를 차보는 성진성이었으나, 그도 사실은 잘 알고 있었다. MMORPG에서 직업 전설 무기를 얻기가 결코 쉬운 일이 아니라는 사실을 말이다.

게다가 얻는 순간 귀속으로 걸리는 탓에 기껏 얻은 파이터용 너클 무기도 결국은 갈가리 신세를 면치 못하게 되었다.

이제 남은 아이템은 단 하나.

바로 '아칸의 벨트'였다.

[아칸의 벨트(레전더리)]

[HP +25]

[STR +2]

[카운터 어택 +2]

[착용 시 카운터 어택이 모든 스킬을 반격할 수 있게 된다(일부 보스 몬스터 스킬 제외. 반격 성공 시 추가 대미지 +10%).]

—이거, 민허 네가 필요로 하던 그 아이템 맞지?

—네!

민허가 기운차게 대답했다.

사실 아칸의 벨트는 그렇게까지 인기 있는 아이템이 아니었다. 애초에 카운터 어택 자체가 시전하기 매우 어려운 스킬이었기에 주력 스킬로 카운터 어택을 사용하는 사람은 거의 없다시피 했다.

수요가 거의 없었기에 아칸의 벨트는 전설 등급임에도 불구하고 갈갈이 신세를 면치 못했다.

하나 그건 민허에게 있어서 사치 중에서도 사치였다. 아칸의 벨트는 그가 애타게 원했던 아이템이기도 하며 라울이라는 캐릭터를 100% 구현함에 있어서 반드시 착용해야 하는 장비이기도 했다.

─이 템은 민허 줘도 되지?

파티장이자 가장 연장자답게 한보석이 다시금 팀원들의 의사를 조율했다. 그의 물음에 성진성도, 그리고 서예나도 별다른 반감을 드러내지 않았다.

애초에 힐러가 카운터 어택을 사용할 일은 없었다. 그나마 스킬 활용도를 따진다면 성진성이 가장 근접한 입장이었지만, 그도 카운터 스킬에 투자를 거의 하지 않았다.

모두의 입찰 포기 의사를 확인한 뒤, 아칸의 벨트 주인이 강민허로 지정되었음을 알리는 시스템 메시지가 떴다.

System: 아칸의 벨트를 획득하셨습니다.

얻자마자 바로 장비를 착용해 보는 강민허. 그의 모습을 보던 한보석이 슬며시 물었다.

─스탯은 어떻게 할 거냐? 템 착용하면 강제적으로 스탯 오르는데. 그럼 네가 일부러 5레벨로 맞춘 의미가 없어지잖아.

─괜찮아요. 그것까지 다 고려해서 미리 스탯 조정해 뒀으니까요.

─철두철미한 녀석이구만.

겉보기와는 다르게 상당히 약삭빠르고 계산적인 남자였다.

한편, 서예나는 여전히 신기하다는 듯한 눈빛으로 강민허의 캐릭터를 응시하고 있었다.

스탯이 전반적으로 높은 편은 아니었다. 물론 5레벨밖에 안 되기 때문에 당연한 말이었지만 말이다.

그럼에도 불구하고 강민허는 오히려 지금의 수치가 자신의 손에 최적합하다고 있다고 주장하고 있었다.

객관적으로 봤을 때에는 말도 안 되는 이야기였다. 그러나 강민허는 실제로 5레벨 캐릭터, 라울로 나이트메어 팀의 이청하를 때려잡은 적이 있었다.

허세라고 보기에는 다소 무리가 있었다. 이미 결과로 증명했으니까.

'보면 볼수록 더 모르겠어.'

지금 단계에선 그를 이해하는 게 쉽지 않았다.

물론 그건 서예나뿐만이 아니었다. 같은 팀 멤버인 성진성도, 그리고 한보석도 같은 심정이었다.

*　　　　*　　　　*

늪지 레이드를 성공적으로 마친 서예나는 편안한 사냥이 되었음에도 불구하고 안도보다는 여러 가지 감정이 뒤섞인 복

잡한 감정을 느낄 수밖에 없었다.

때마침 그녀의 자리 근처를 지나가던 준프로게이머, 이청하가 고개를 갸우뚱하며 물어왔다.

"왜 그래. 레이드 클리어 못 했어?"

"아니요. 클리어했어요. 그것도 3분 51초예요."

"뭐?! 최단 시간이잖아!! 누구랑 파티 맺었기에 그래?!"

"ESA 팀 쪽이랑요. 보석 오빠랑 진성 오빠, 그리고 그 라울이라는 닉네임 쓰는 사람 있잖아요. 그 사람이랑 같이요."

"진짜로?!"

청하의 관심이 급격히 쏠리기 시작했다.

라울이란 닉네임은 잊으려야 잊을 수가 없었다. 비록 PC방 대회라곤 하지만, 그에게 뼈아픈 패배를 안겨준 아마추어 게이머였으니까.

"그래서 어떻던?"

"블랙 크랩에게 카운터 스킬 먹이던데요. 아이언 크로 사용할 때요. 그때 카운터 스킬 먹이면 스턴 걸린다는 것도 처음 알았어요."

"별 미친놈을 다 보겠네. 5레벨에 아이언 크로 한 대 맞으면 바로 골로 갈 텐데, 무슨 배짱으로 그런 짓을 했대… 아니지. 그 사람이라면 가능하겠네."

단 한 번의 실수 없이 카운터 어택을 사용할 줄 아는 강민허라면 그러고도 남았다.

"아무튼 그 강민허라는 사람 때문에 레이드 편하게 돌았어요."

"다행이네."

"내일도 같이 돌아보려고요."

"그쪽 사람들은?"

"실력 좋은 힐러가 자진해서 들어간다는데, 싫어할 이유가 있나요?"

"하긴, 그렇겠지."

서예나는 자신의 실력에 강한 자부심을 가지고 있는 여성이었다.

실제로 예나는 청하와 다르게 1군에서 프로 리그, 개인 리그를 번갈아 가며 대활약을 펼치고 있는 나이트메어 팀의 에이스 중 한 명이었다. 그런 여자가 인정할 정도였으니, 더더욱 강민허라는 남자의 본 실력이 궁금해질 수밖에 없었다.

*　　　*　　　*

늦은 저녁.

단체로 회식 자리를 가지게 된 ESA 팀원들은 때아닌 고기 파티에 바쁘게 젓가락을 움직였다.

오늘은 강민허의 환영식이 있는 날이었다. 유망주가 들어와서 그런지 허태균 감독이 모처럼 크게 한 턱 쏘기로 했다.

한창 그렇게 포식을 진행하던 이들 사이로 허태균 감독이 강민허에게 다가왔다.

"오늘 예나 양이랑 같이 파티 돌았다며."

"네."

"어땠어?"

"성격은 별로였지만, 실력은 확실히 좋더군요. 버프와 힐 주는 타이밍은 인정할 만했습니다."

준프로 입장에서 프로를, 게다가 1군 프로게이머를 이런 식으로 평가할 수 있는 사람은 아마 강민허밖에 없을 것이다.

솔직 담백한 그의 말에 너털웃음을 짓던 허태균 감독이 맥주잔을 기울였다.

그러더니 최대한 작은 목소리를 유지했다.

"네 데뷔 무대 준비해 뒀으니 그리 알아둬라."

"데뷔 무대요?"

"2군 리그 경기가 다음 주에 있는데, 그때 널 올려 보낼 생각이다."

"……."

"어때. 할 수 있을 거 같아?"

다른 프로게이머에 비하면 데뷔 시기가 상당히 빨랐다. 그러나 민허는 그런 건 전혀 신경 쓰지 않았다.

"1군이 아니라 2군이요? 전 1군에 서고 싶은데요."

"이 녀석, 욕심 봐라. 좋다! 네가 2군에서 내가 만족할 만한 성적을 거둬준다면, 1군 자리 하나 주마. 어떠냐?"

허태균의 제안이었다.

매력적으로 들릴 수밖에 없었다. 최단기간 내에 1군 프로게이머로 데뷔할 수 있는 절호의 찬스 아니겠는가.

"알겠습니다, 감독님. 그 말, 잊지 마세요."

강민허의 입가에 만족스러운 미소가 걸렸다.

그의 행보는 이제부터 시작이다.

제5장
첫 대면

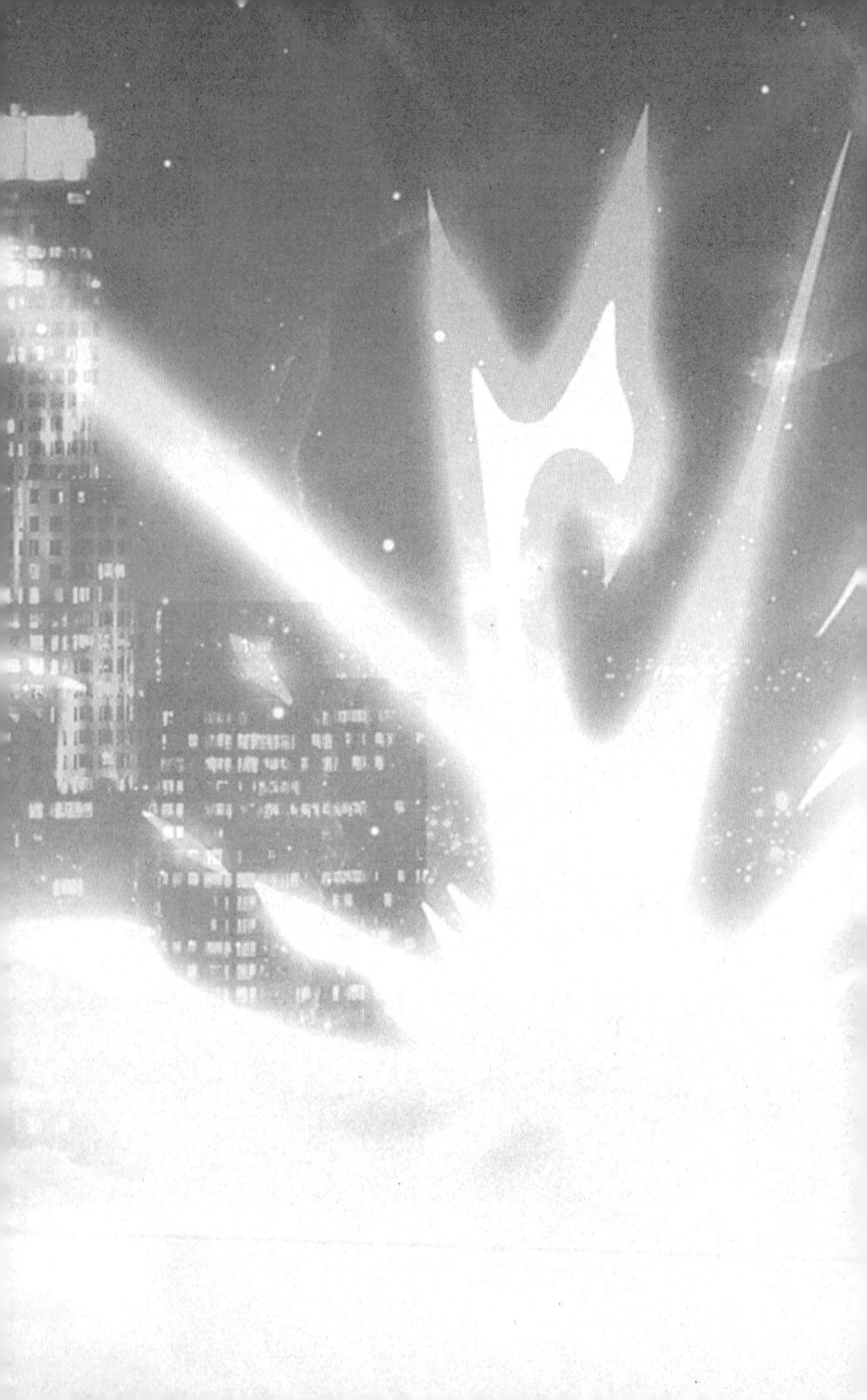

로인 이스 온라인 2군 리그가 열리는 날.

평소 같은 경우에는 그렇게까지 많은 관객과 기자들이 오지 않았지만, 오늘은 좀 달랐다.

"도백필 선수! 이쪽 한 번 봐주세요!"

"사인, 가능한가요, 사인!"

"꺄아악!! 오빠 사랑해요!!"

대한민국 게임 전문 채널, TGP가 마련한 e스포츠 전용 스타디움에 사람들의 웅성거림 소리가 점점 커지기 시작했다.

중구난방으로 막 들려오는 사람들의 음성. 이들의 목소리가 향하는 대상은 한 명으로 고정되어 있었다.

로인 이스 온라인 세계 최고의 프로게이머라 불리는 남자, 도백필. 그가 오늘 2군 리그가 열리는 경기장에 모습을 드러낸 것이었다.

그의 등장만으로도 벌써부터 사람들이 인산인해를 이루기 시작했다. 아마 이곳을 찾은 관객들 중에서 2군 경기를 보러 온 사람은 채 50%도 되지 않았다.

등장 한 번만으로도 좌중을 압도하는 포스를 자아내는 도백필이 가볍게 고개를 끄덕이며 팬들의 목소리에 화답했다.

"감사합니다, 여러분. 오늘 열리는 저희 팀 경기도 많은 관심 부탁드리겠습니다."

도백필이 속해 있는 이레이저 나인 팀은 오늘 이곳에서 2군 리그 경기를 가질 예정이었다. 그 말인즉슨, 그는 오늘 경기가 없다는 것을 뜻했다.

그럼에도 불구하고 이곳에 모습을 드러낸 이유는 사실 하나밖에 없었다.

팀원들을 독려하기 위함이었다.

인파를 뚫고서 도착한 이레이저 나인 팀 대기실. 그가 문을 열고 등장하자, 2군 선수들이 벌떡 자리에서 일어나 그에게 허리를 숙였다.

"안녕하세요, 선배님!"

우렁찬 함성이 대기실을 가득 채웠다.

도백필은 이레이저 나인의 상징적인 인물이었다. 수려한 외모와 특출한 실력 덕분에 인지도도 높을뿐더러 대한민국 프로게이머 중에서도 최고액의 연봉을 자랑하는 몸값 비싼 선수이기도 했다.

같은 팀이라 하더라도 넘사벽이라 불릴 만큼 큰 격차를 자랑하는 신격 존재가 대기실에 강림했으니, 어찌 긴장하지 않을 수 있으랴.

그러나 2군 선수들과 다르게 도백필을 향해 편히 말을 놓는 인물이 한 명 있었다.

이레이저 나인의 감독, 구민창이었다.

"왔냐, 백필아."

"늦어서 죄송합니다, 감독님. 좀 더 빨리 올 수 있었는데……."

"아니, 괜찮다. 네가 온 것만으로도 충분히 고마운데, 뭘."

인기 높은 선수는 다양한 활용 가치가 있다. 도백필이 와준 것만으로도 오늘 경기를 보러 온 대다수의 사람들은 90% 이상 이레이저 팀에게 관심을 가질 수밖에 없었다.

그 관심은 곧 응원으로 바뀐다.

이곳 e스포츠 전용 특설 스타디움은 딱히 어느 팀에게 홈그라운드로 작용하는 그런 장소가 아니었다.

그러나 사실 홈그라운드라는 게 반드시 해당 팀의 지역에 위치한 경기장만을 뜻하는 그런 단어는 아니었다.

응원하는 팬들이 압도적으로 많은 곳! 그게 바로 홈그라운드 아니겠는가.

구민창 감독은 도백필을 일부러 이곳으로 불러들임으로써 사람들의 시선을 이레이저 나인으로 쏠리게 만들었다. 이것은 곧 경기를 앞두고 있는 2군 선수들에게 많은 기운과 용기를 복돋아줄 것이다.

도백필도 그 사실을 잘 알기에 바쁜 와중임에도 불구하고 구태여 시간을 내 이곳을 찾게 되었다.

2군 경기라 하더라도 이레이저 팀이 계속해서 상승세를 이어나가는 쪽이 자신에게도 크나큰 도움이 되기 때문이었다.

근처에 마련된 빈 의자 하나를 차지한 도백필이 구민창 감독에게 슬쩍 물었다.

"오늘 누구랑 붙는다고 했죠?"

"ESA."

상대할 팀을 듣는 순간, 도백필의 입가에 의미심장한 미소가 새겨졌다.

"쉽게 이기겠네요."

ESA 팀은 업계 내에서도 이런 별명이 붙어 있었다.

거저먹는 보너스. 그 정도 수준밖에 되지 않는 팀에 불과했다. 심지어 개인 리그 내에서도 조 지명식을 가질 때, 타 팀에 소속된 프로게이머들은 전부 다 ESA 팀 선수들을 자신의 상대로 지목하기를 탐내는 경우가 많았다.

그만큼 ESA 팀은 조리하기 쉬운 먹잇감이기도 했다.

그러나 구민창 감독은 쉽사리 방심하지 않는 사람이었다.

"혹시 또 모르지. 고춧가루 제대로 뿌릴 수도 있으니까."

"그래봤자 어차피 결승은 확정 아닌가요?"

"그렇긴 하지."

도백필의 말대로 이레이저 나인은 이미 남은 경기 수에 상관없이 2군 리그 결승 직행 티켓을 거머쥐었다.

단 한 번의 패배도 없이 결승 직행을 확정 지었기에 큰 긴장감은 들지 않았다.

그래도 2군의 경우에는 오프 경기 하나하나가 매우 소중하다. 오프 경기만큼 제대로 된 경험을 쌓을 수 있는 곳도 없었으니 말이다.

팀 이레이저 나인은 다른 팀들에 비해 월등히 선수층이 두터웠다. 그래서 그런 걸까. 1군으로 향하기 위한, 그리고 메인엔트리에 들기 위한 팀 내부 경쟁도 꽤나 치열한 편이었다.

감독 입장에선 행복한 고민이긴 하지만, 선수들 입장에선 입술에 바짝 피가 마를 것이다. 그 내부 경쟁에서 당당하게 1인자의 자리를 굳힌 도백필이 테이블 위에 올려진 종이 한 장을 집어 들었다.

"엔트리인가요?"

"어. 상대 팀 거."

"봐도 되죠?"

"이미 보고 있으면서."

"하하, 그러네요."

쓴웃음을 지은 도백필의 시선이 ESA 팀의 엔트리 명단 쪽으로 고정되었다.

2군 리그도 프로 리그와 마찬가지로 같은 룰로 진행되기 때문에 한 경기에 참가하는 선수도 3명으로 고정되어 있었다.

3 대 3 팀전. 3판 2선승제. 그것이 이번 2군 리그의 룰이었다.

한창 엔트리를 예의 주시하던 도백필의 한쪽 눈썹이 작게 꿈틀거렸다.

"못 보던 선수가 있네요."

"눈치챘냐?"

"네."

도백필은 로인 이스 온라인 관련이라면 자신의 경기 말고 다른 선수들의 경기도 꽤나 챙겨보는 편이었다. 물론 2군 리그라고 예외는 없었다.

지금까지 2군 리그를 쭉 봐왔었던 도백필이었지만, 그도 처음 보는 선수의 이름이 엔트리에 올라와 있었다.

"강민허……."

"신인인 거 같더라. 이력은 아마추어 시절 때 오버파워 PC방 대회에서 한 번 우승한 게 끝."

"어디서 많이 들어본 거 같은데……."

낯이 익은 이름이었다.

자신의 기억을 되새겨 보는 도백필에게 구민창 감독이 추가 설명을 들려줬다.

"트라이얼 파이트 7 세계 챔피언이라고 하더라."

"아, 그랬었죠."

관심 없는 게임 분야였기에 강민허의 이름을 곧장 떠올릴 수 없었다.

피식 웃음을 토한 도백필이 자신의 생각을 들려줬다.

"그냥 그쪽 게임 계속하면 될 텐데, 구태여 힘든 길을 자처 하네요."

"리오 쪽이 만만해 보였을지도 모르지."

"글쎄요. 다른 쪽에서 정점을 찍었다 하더라도 이곳은 전혀 다른 세계일 텐데. 자존심만 왕창 구기고서 다시 트라이얼 쪽 으로 넘어갈 거 같네요."

"송충이는 솔잎을 먹고 살아야 하는 법이니까. 오늘 경기 겪어보면, 본인에게 어떤 솔잎이 어울릴지 깨닫게 되겠지."

"하하, 애들한테 살살 해달라고 하세요, 감독님."

로인 이스 온라인의 상금 규모에 끌려 전향한 게이머들은 꽤나 많은 편이었다. 그러나 이들 중에서 딱히 크게 성공을 했다고 볼 만한 게이머는 없었다.

대다수는 적응하지 못해 도망쳤다.

아마 강민허도 그렇게 되지 않을까. 이처럼 예상했다.

*　　　　*　　　　*

ESA 팀 대기실 안.

오랜만에 출전 명단에 이름을 올린 한보석이 잔뜩 긴장한 모양인지 무거운 심호흡을 연달아 내쉬었다.

성진성 역시 마찬가지였다. 실력에 강한 자부심을 가지고 있는 그였지만, 그래봤자 아직 프로게이머 명함도 따지 못한 2군 준프로에 불과했다. 긴장하지 않을 수가 없었다.

반면, 강민허는 여유만만이었다.

"너무 그렇게 긴장하지 마, 형들. 결승 경기도 아니고. 그냥 평소 무대잖아?"

"…이럴 땐 니 녀석의 그 바보 같은 태평함이 참 부럽더라."

성진성이 독설을 쏟아냈다.

그러나 내용에 거짓은 없었다.

평소 강민허라는 이름 세 글자만 들어도 이를 바득바득 갈던 성진성이었지만, 오늘만큼은 그의 태평함을 본받고 싶었다.

ESA 팀에서는 성진성과 한보석, 그리고 강민허, 이렇게 세 명이 출전하기로 예정되어 있었다.

엔트리를 봄과 동시에 한보석과 성진성은 왜 허태균 감독이 강민허를 자신들의 방으로 배정했는지 이제야 깨달았다.

이들을 팀으로 내보내기 위함이었다.

허태균 감독의 입장에선 비밀 병기이자 슈퍼 루키라 생각되는 강민허를 최대한 단시간 내에 빠르게 키우고 싶었다.

이유는 간단했다. 1군 리그가 얼마 남지 않았기 때문이었다.

2군 리그가 끝나면, 휴식기였던 1군 리그가 바로 시작될 터. 그때까지 강민허를 키워 주력으로 내세우고 싶었다.

물론 어디까지나 강민허가 자신의 의도대로 성장해 준다는 전제하에서였다.

손목시계를 바라보던 허태균 감독이 슬쩍 오진석 코치에게 신호를 줬다. 그러자 그가 고개를 끄덕이며 출전 멤버 3인방을 향해 목소리를 높였다.

"곧 시작될 거 같으니까 가서 준비하자."

"네, 네!!"

잔뜩 긴장한 목소리를 내는 한보석. 그런 그를 향해 허태균 감독이 가벼이 어깨를 토닥여 줬다.

"정신 똑바로 차려라, 보석아. 오랜만에 오프 경기잖냐. 가서 그간 연습한 성과를 보여줘라."

"가, 감사합니다, 감독님! 열심히 하겠습니다!"

너무 과하게 힘이 들어가 있었다. 어느 정도 긴장감이 있는 것도 좋지만, 어디까지나 적정선을 유지하는 게 베스트였다.

그에 비해서 한보석은 지나칠 정도였다. 그래서 허태균 감독은 사실 한보석에게 많은 기회를 주지 않았었다.

그래도 가능성은 충분했다. 강민허와 성진성 같은 수준은 아니지만, 그 역시 키워볼 만한 선수였기에 보다 더 많은 기회를 주고 싶었다.

이들과 함께 코치진 역시 무대로 향했다.

부스 쪽으로 향하는 도중 강민허의 눈엔 수많은 스태프들과 더불어 대본을 바삐 리딩하는 국내, 해외 중계진들의 모습이 들어왔다.

'역시 트라이얼 파이트보다 훨씬 규모가 커.'

TV에서 보던 것 그대로였다. 트라이얼 파이트는 소규모라는 느낌이 강했으나, 로인 이스 온라인은 뭐랄까. 요즘 한창 잘나가는 게임이란 느낌이 여과 없이 와닿았다.

허태균 감독, 그리고 오진석 코치가 선수들과 함께 부스 안으로 들어섰다. 오프닝에 들어가기에 앞서 기본적인 장비 세팅 등을 마무리해야 했다.

이들이 바삐 준비하고 있는 와중에 건너편 부스 모습이 얼핏 비춰졌다.

이레이저 나인. 로인 이스 온라인 사상 최강의 프로 팀이라는 별칭이 붙을 만큼 강적이었다.

그들 역시 ESA 팀처럼 장비 세팅에 집중하고 있었다. 그러던 찰나에, 강민허의 눈이 가늘어졌다.

"저 사람은……?"

유독 그의 시야를 자극하는 한 남자에게 눈을 뗄 수가 없었다.

확실했다. 강민허도 익히 잘 아는 얼굴이었다.

아니, 모르는 게 더 이상했다. 강민허가 트라이얼 파이트 7의 길을 포기하고 이곳, 로인 이스 온라인에 발을 들이게 된 계기 중 하나이기도 했으니까.

도백필 선수.

로인 이스 온라인 최강자이자 강민허의 목표이기도 한 존재가 그의 시야에 포착되었다.

"오프닝 들어갑니다! 준비해 주세요!"

부스 안으로 들어온 스태프가 선수와 코치진들에게 소식을 전했다. 그와 동시에 한보석의 한숨이 더더욱 깊어졌다.

"후우우……!"

"형, 진정해요. 그러다가 심장마비 걸리겠어요."

강민허가 우스갯소리를 하며 분위기를 띄워봤다. 그러나 별로 큰 효과는 없는 듯해 보였다.

성진성도 긴장하고 있긴 했지만, 그래도 한보석에 비해선 좀 나은 편이었다. 애초에 그는 ESA 팀의 2군 리그 주전 멤버이기도 했기에 방송 무대 경험이 한보석에 비해 압도적으로 많은 편이었다.

하나 무대 위의 긴장감은 결코 쉽게 사라지지 않았다.

물론 강민허는 달랐다. 그는 이보다 더 큰 세계 무대에서 활약한 경험이 있었다. 뿐만 아니라 프로게이머 경력도 꽤 되기 때문에 비교적 여유 있는 모습을 보였다.

그런 강민허의 어깨 위에 두 손을 올려 가볍게 안마를 해주는 허태균 감독. 그러면서 성진성과 한보석에게는 들리지 않을 만큼 아주 작은 목소리로 그에게 말을 걸었다.

"민허야."

"예, 감독님."

"너만 믿는다. 이 경기, 네가 캐리해라."

이 말이 선수에게 얼마나 많은 부담감을 주는지 허태균 감독도 잘 알고 있었다.

그러나 허태균 감독은 강민허의 실력을 믿기로 했다. 여기서 강민허가 활약해 주지 않으면 곤란하니까.

ESA 팀이 준플레이오프에 진출하기 위해선, 이제부터 남은 모든 경기들을 연달아 이겨야 한다. 그래야 ESA 팀이 남은 팀 경기 결과에 상관없이 준플레이오프 진출을 확정지을 수 있다.

남은 경기는 총 일곱 번. 이 경기를 모두 이긴다는 건, 사실상 불가능에 가까웠다.

왜냐하면 남은 경기들이 전부 다 강팀과 매치되어 있기 때문이었다. 그중 한 팀이 바로 오늘 맞붙을 이레이저 나인이었다.

현존 최강의 프로 팀!

그럼에도 강민허는 기죽지 않았다.

"걱정 붙들어 매세요, 감독님. 그보다 회식 때 하신 말씀, 잊지 않으셨죠?"

"물론이지."

2군 리그에서 준수한 성적을 보여준다면, 강민허를 바로 1군 리그에서 활용하겠다고 약속한 바 있었다.

강민허의 노림수가 바로 그것이었다.

서로 간의 이해관계가 정확히 일치했다. 이제 결과가 잘 나오기를 기대하면 된다.

그렇게 경기 시작 전, 가벼운 대화로 전의를 다지는 동안에 힘찬 남성의 목소리가 이곳 스타디움 안을 가득 채웠다.

"전국에 계신 e스포츠 팬 여러분, 안녕하십니까! 로인 이스 온라인 A 리그 진행을 맡은 캐스터, 민영전입니다. 그리고 제 옆에는 도움 말씀을 주실 게임 전문가, 하태영 해설 모셨습니다."

"안녕하세요, 하태영입니다."

익숙한 대사가 부스 너머로 전해졌다. 이들이 이 말을 한다는 건, 다시 말해서 드디어 오프닝이 시작되었음을 뜻했다.

"시작이구나, 시작이야!"

손을 비비며 찬 기운을 몰아내기 위한 준비를 서두르는 한보석. 물론 성진성 역시 마찬가지였다.

그러는 동안, 부스 안에서 대기 중이던 스태프가 입을 열었다.

"승자 예측 결과 나옵니다."

그 말이 끝나자마자 오늘 있을 이레이저 나인 VS ESA의 승자 예측 수치가 대형 모니터 화면에 새겨졌다.

[이레이저 나인, 95%. ESA, 5%]

강민허의 입에서 솔직한 감정이 튀어나왔다.

"처참하네."

게임 팬, 그리고 관계자 대다수가 이레이저 나인의 무난한 승리를 예상하고 있었다.

어찌 보면 당연한 결과였다. 1군, 2군을 통틀어 승률 랭킹 1위를 달리고 있는 이레이저 나인인데, 꼴찌 팀인 ESA에게 설마 지겠다고 누가 예상이나 하겠는가.

압도적인 수치 차이에도 불구하고 강민허의 눈동자에는 오히려 승부욕이라는 이름의 불길이 활활 타오르기 시작했다.

'좋아, 바로 이런 상황이지!'

그는 위기일수록 강해지는 남자였다. 상대가 강하면 강할수록 강민허의 승부욕은 더더욱 자극됐다.

"곧 경기 시작합니다. 코치님, 감독님들은 퇴장해 주세요."

"예."

스태프의 말에 따라 허태균 감독과 오진석 코치가 자리를 뜨기 시작했다. 그러는 와중에도 허태균 감독의 시선은 줄곧 강민허의 뒷모습에 머물렀다.

"오 코치."

"예, 감독님."

"오늘 저녁 식사 말이야. 우리 맨날 가는 그 고깃집 있지? 거기 예약해 둬."

"진솔갈비요?"

"어."

허태균 감독의 눈빛에 자신감이 물들었다.

그들이 매번 찾는 고깃집. 그곳은 ESA 팀이 경기를 이긴 날에만 찾는 가게였다.

*   *   *

3 대 3으로 진행되는 팀전이었기에 팀플레이가 그 어떤 때보다도 중요시되는 경기였다.

선수들이 속속들이 입장하는 가운데, 이레이저 나인 팀원들이 고개를 갸우뚱했다.

"설마 했는데 진짜로 5레벨이야?"

"별 미친놈을 다 보겠네."

강민허의 캐릭터, 라울의 레벨에 놀라는 건 비단 상대 선수뿐만이 아니었다.

해설진을 비롯해 관객들조차 입을 다물지 못했다.

세상에. 제아무리 1군 리그에 비해 비중이 떨어지는 2군 리그라 해도 그렇지, 만렙도 아닌 5레벨 캐릭터를 들고 나오는 프로게이머가 어디 있단 말인가.

해설진들도 적지 않게 당황했다.

"그러니까 이·라울이라는 닉네임을 쓰는 선수가 이번에 새로 영입된 신인이란 말씀이시죠?"

"예. 아까 허태균 감독과 이야기 나눴을 때, 깜짝 놀랄 만한 선수가 나올 거라고 했는데, 아마 그 선수가 저 선수인 거 같습니다. 참고로 강민허 선수가 사용하는 라울이란 닉네임은 트라이얼 파이트 7 세계 대회에서 우승할 당시에 사용했던 캐릭터 이름이라고 합니다."

"그거 참 특이한 선수네요. 격투 게임 세계 최강자에 있다가 장르를 전향하고, 게다가 5레벨로 오프 경기 등장이라니."

"여러모로 주목해 봐야 할 거 같네요."

제아무리 선수를 포장하는 기술력을 지닌 해설진이라 하더라도 5레벨은 커버를 쳐주기가 쉽지 않았다.

여러 가지 의미로 큰 화제의 중심에 서게 된 강민허는 정작 담담한 표정으로 경기에 임했다.

System: 곧 대전이 시작됩니다.
System: 3, 2, 1⋯ Fight!

경기가 시작됨과 동시에 이레이저 나인 선수들이 매섭게 치고 들어오기 시작했다.

그 와중에 강민허가 이들의 전력을 다시금 상기했다.

'탱 하나에 딜러 하나, 그리고 힐러 하나라.'

보편적인 조합이었다.

탱커 역할의 전사 캐릭터가 가장 선두에, 딜러와 힐러는 후방에 위치하며 주기적으로 딜과 버프를 거는 그런 형태를 취하고 있었다.

변수 없이 순수 실력대결로 가면 이레이저 나인이 질 리가 결코 없었다. 2군이라 하더라도 거의 1.5군 정도 되는 실력을 지닌 이들이었기 때문이다.

작전이라고 하면 작전이었다.

그러나 강민허의 시선에는 그게 아니꼽게 보였다.

'경기 참 재미없게 하네.'

짧게 혀를 찬 뒤에 한보석과 성진성에게 협조를 요청했다.

"보석이 형, 진성이 형한테 버프 집중적으로 걸어주세요. 진성이 형이 탱커 맡아줄 거래요."

"뭐?! 얌마! 내가 언제 그랬어?!"

성진성이 강하게 반발했으나, 이미 한보석의 버프 대상은 그에게 집중되고 있었다.

"민허야, 너는?"

"전 괜찮아요. 제가 우선 힐러부터 끊을 테니까 형들이 저 탱커만 상대해 주세요."

"알았어. 진성아, 들었지?"

"…쳇."

마음에 들지 않았으나 민허니까 분명 무슨 계획이 있을 터.

그가 아무 생각 없이 이런 말을 내뱉진 않았을 것이다.

"경기 지면 니 책임이다."

"걱정 마, 진성이 형. 나만 믿어."

강민허가 빠르게 앞쪽으로 치고 나아가기 시작했다. 그러자 탱커 캐릭터가 그의 앞을 가로막기 위해 움직였다.

그러나 그 순간, 성진성이 탱커를 향해 돌격했다.

"어딜 감히!!"

순식간에 거리를 좁혀 탱커 캐릭터 근처까지 다가간 성진성의 캐릭터가 스킬을 발동시켰다.

차지 어택. 캐스팅이 긴 대신, 상대방을 넉백 시킬 수 있는 능력을 지닌 스킬이었다.

넉백이 발동되자, 탱커 캐릭터가 일시적으로 뒤로 팅겨 나갔다.

"이런⋯⋯!"

이레이저 나인의 탱커 유저, 트리의 입에서 짧은 탄식이 새어 나왔다. 성진성이 길을 열어준 틈을 노려 강민허가 돌진을 시도했다.

목표는 적 팀 힐러!

'힐러만 끊어도 이득이지!'

이쪽에도 한보석의 캐릭터가 힐 스킬을 지니고 있지만, 힐러 클래스는 아니었기에 상대와 힐량 차이가 날 수밖에 없었다.

장기적으로 싸움을 끌어가 봤자 ESA 팀에게 불리할 뿐. 최대한 경기를 빨리 끝내는 게 좋았다.

힐러를 향해 곧장 공격 커맨드를 입력하는 강민허.

5레벨이라 하더라도 상대가 방어력과 HP가 낮은 힐러라면, 충분히 원킬을 낼 수 있었다. 그러나 위기 상황임에도 불구하고 힐러의 움직임은 꽤나 대담했다.

'충분히 피할 수 있었는데… 일부러 안 피해?'

마치 민허의 공격을 유도하는 듯한 몸놀림이었다.

'설마.'

마우스로 화면을 빠르게 전환했다. 그러자 모니터 화면에 반짝이는 무언가가 잡혔다.

몸을 숨기고 있던 원거리 딜러의 흔적이었다.

틈을 노리던 이레이저 팀의 딜러 담당 플레이어가 승리를 확신하는 미소를 지었다.

"멍청한 녀석, 이거나 먹고 뒈져라!"

강민허가 사정권 안에 들어오자마자 들고 있던 머스킷을 겨눠 방아쇠를 당겼다.

타아앙!!

단발의 총성이 울려 퍼짐과 동시에 놀라운 일이 발생했다.

라울이 간발의 차이로 이레이저 딜러의 일격을 회피해 버린 것이었다.

강민허의 주특기 중 하나인 아슬아슬 회피기가 다시 한번 발동되었다.

"미친!!"

"저게 말이 돼?!"

"버그 아니야?! 저런 움직임이 가능하다고??"

이레이저 부스가 시끌벅적해졌다.

하기야 눈으로 직접 보고도 믿기 힘든 움직임을 선보였으니, 그럴 만도 했다.

거의 동물적인 감각으로 보이지도 않았던 상대방의 공격을 회피하는 데 성공한 강민허가 다시 마우스를 돌렸다.

"한 명 잡았고."

원래 목적인 힐러 쪽으로 방향을 되돌린 뒤, 그의 강력한 공격기 중 하나인 붕권을 시전했다.

빠아아아아악!!

경쾌한 타격음과 함께 힐러의 HP가 순식간에 바닥을 쳤다.

5레벨임에도 불구하고 한보석이 준 공격력 상승과 크리티컬 확률 상승 버프 덕분에 대미지가 뻥튀기되어 들어간 것이다.

HP가 제로가 되는 순간, 시스템 보이스가 이레이저 팀원의 아웃을 알려왔다.

그 짧은 시간에 탱커를 제치고, 상대 딜러의 회심의 일격을 피한 후에 힐러까지 원펀치로 아웃시켰다.

힐러의 아웃 소식에 적지 않게 당황하기 시작하는 이레이저 팀원들.

성진성과 한보석이 그 틈을 놓칠 리가 없었다.

"한눈팔지 마시지!"

당혹감에 빠진 탓에 미처 스킬 쿨타임을 계산 못 한 이레이저 탱커를 향해 성진성이 큰 기술을 날렸다.

"이런, 젠장!!"

제아무리 탱커라 하더라도 상대방 전사에게 강력한 딜 기술을 맞으면 버티기 힘들었다. 게다가 한보석의 버프까지 걸려 있으니, 피통이 많은 축에 속하는 탱커라 하더라도 성진성의 딜을 버틸 수가 없었다.

결국 탱커까지 아웃당한 이레이저 나인. 최대한 저항해 봤지만, 딜러 혼자서 이 상황을 타개할 방법은 없었다.

기세를 몰아 하나 남은 적 팀을 향해 달려드는 강민허와 성진성.

"큭!!"

한 명 상대하기도 버거운데, 두 명을 어찌 상대하랴.

도망치지 못하도록 세 명이 각기 다른 방향에서 그를 포위했다. 이윽고 성진성이 시선을 끄는 동안, 강민허가 뒤에서 허점을 찌르는 공격으로 마무리를 이끌어냈다.

결과는 ESA 팀의 승리!

선취점을 따낸 ESA 팀의 행보에 해설진도, 그리고 관중들도 놀라움을 감추지 못했다.

"놀랍습니다! 설마 만년 꼴찌였던 ESA가 공식 승률 1위인 이레이저 나인을 잡아낼 줄이야!! 방금 경기, 어떻게 보셨습니까?"

"저도 직접 보고도 믿기지가 않네요. 누가 ESA가 이길 거라고 예상이나 했겠습니까? 저도 내심 이레이저 나인이 승기를 잡지 않을까 싶었는데, 뭐라 할 말이 없네요."

해설자조차도 혀를 내두를 정도였다.

경기 내용 자체도 놀라웠다. ESA가 아슬아슬하게 이긴 것도 아니고 압도적으로 이겼다.

3 대 3 팀전에서 한 팀의 3명이 거의 풀피 가까운 상태로 살아남고, 적 팀 모두가 다 섯아웃이 된 경우는 거의 드물다시피 했다. 그런데 그 드문 경우가 최상위와 최하위 팀 간의 대결에서 나왔으니, 관중뿐만 아니라 전문가조차도 입을 쩍 벌릴 정도였다.

그러나 허태균 감독은 내심 이런 결과를 예상했다는 듯이 담담하게 결과를 받아들이고 있었다.

"강민허 녀석. 정말 물건이야, 물건."

"그러게요. 설마 저렇게까지 경기력이 좋을 줄은……."

오진석 코치도 예상 못 했다.

물론 본인 팀이 이겼으니 기분은 좋았다. 그러나 기대하지 않았던 결과가 나오니 기쁨보다는 당혹감이 더 와닿았다.

첫 데뷔 무대에서, 그것도 이레이저 나인을 상대로 하드 캐리를 할 줄이야.

ESA 입장에선 강민허는 복덩어리 그 자체였다.

그러나 아직 게임은 끝나지 않았다.

이제 막 한 경기를 따냈을 뿐. 3전 2선승제였기에 앞으로 남은 경기 하나를 더 가져와야 승리할 수 있다.

"오 코치."

"예."

"부스 들어가서 애들 좀 격려하고 와. 이대로만 하면 된다고."

"작전은요?"

"게임 들어가면 선수들이 알아서 판단하라고 해. 오히려 그게 나을 거 같으니까."

"네, 알겠습니다."

구태여 전략이라는 걸 짤 필요가 없었다.

강민허라는 깜짝 카드를 엔트리에 포함시킨 것만으로도 충분히 변수였기 때문이다. 실제로 허태균의 용병술은 이미 1경기를 통해 빛을 봤다. 절반의 성공을 거뒀으니, 그것만으로도 소기의 목적은 달성한 셈이었다.

남은 건 강민허의 몫이었다.

'어디, 얼마나 잘해줄 수 있을지 한번 지켜볼까?'

지금 이 순간만큼은 허태균도 감독이 아닌 관중의 입장에서 경기를 지켜보고 싶었다.

*　　　　*　　　　*

두 번째 경기가 시작됨과 동시에 이레이저 나인 팀의 임시 주장을 맡은 탱 유저, 조강현이 목소리에 힘을 실었다.

"괜히 쫄지 마! 어차피 우리가 녀석들보다 더 잘하니까! 실력 대 실력으로 밀어붙이면 질 리가 없어!"

"네!"

"알고 있습니다!"

팀원의 사기를 끌어올리는 것도 주장의 역할이었다.

강민허의 캐릭터, 라울이 5레벨밖에 안 된다는 점 때문에 살짝 방심했을 뿐. 정신 차리고 평소에 하던 것 그대로 경기를 펼치면 이들이 질 이유는 결코 없다는 생각으로 머릿속을 가득 채웠다.

실제로 이들 3인방은 A 리그에서 가장 높은 승수를 쌓아올린 무적의 팀이기도 했다. 물론 1군 리그인 R 리그에 비하면 많이 부족하긴 했지만, 그래도 A 리그에서는 최강의 트리오라 불릴 정도로 강했다.

그런 그들이 만년 꼴찌, ESA에게 패배한다? 그건 자존심이 허락하지 않았다.

"포지션은 그대로 간다! 민준이, 너는 저 강민허라는 놈부터 먼저 조져!"

딜러 포지션의 고민준 선수가 조강현의 말에 고개를 끄덕였다. 본래 이들의 1차 셧다운 대상은 성진성이었다. 그가 ESA 팀 2군 에이스였으니, 경계 대상이 되는 건 당연했다.

그러나 설마 성진성보다 더 무서운 플레이어가 있을 줄이야. 미처 상상조차 하지 못했던 일이었다.

한편, 게임 시작과 동시에 고민준의 총구가 강민허에게로 향했다.

공격 대상이 성진성에서 본인으로 바뀌었다는 사실을 깨달은 강민허가 속으로 웃음을 삼켰다.

'알기 쉽네.'

한눈에 봐도 자신이 성진성을 제치고 경계 대상 1호로 우뚝 서게 되었다는 것을 알아차릴 수 있었다.

"보석 형, 진성이 형."

"어."

"또 왜. 나보고 저 탱커 녀석 맡으라고?"

"아니, 이번에는 좀 다르게 가려고."

새로운 작전이라도 나온 걸까. 한보석과 성진성이 절로 민허의 목소리에 귀를 기울였다.

"내가 저쪽 탱커하고 딜러 유인할 테니까 힐러부터 먼저 아웃시켜 줘."

"뭐? 저 녀석들이 순순히 널 따라가겠냐."

"그거야 보면 알 거야."

이 말만 남긴 채 민허가 바로 캐릭터를 움직이기 시작했다.

아까와 마찬가지로 빠르게 적진으로 뛰어가기 시작하는 강민허. 그러자 조강현이 방패와 철퇴를 들어 올렸다.

이레이저 나인의 본래 작전은 심플했다. 조강현이 딜러와 힐러를 지켜주고, 고민준이 원거리에서 주기적으로 딜을 넣는다. 보편적인 작전을 들고 왔던 이들이었으나, 이 포지션은 강민허의 기질로 인해 어이없이 뚫려 버렸다.

2군이라 하더라도 이들 역시 바보는 아니었다. A 리그에서 나름 많은 오프 경기 경험을 쌓아왔기에 융통성 있는 작전 수정도 가능했다.

"민준아, 내가 저 쪼렙 녀석 발길 묶을 테니까 딜 퍼부어라! 한 명 조지고 시작하자!"

"맡겨주세요!"

강민허부터 제거하면 두 번째 경기는 무난하게 풀어갈 수 있으리라.

그렇게 판단을 내린 조강현이 곧장 태세를 달리했다.

1차전에선 지극히 수비적인 자세를 취하던 그였으나, 2차전은 달랐다.

들고 있던 철퇴를 힘 있게 휘두르기 시작했다. 조강현의 탱 캐릭터가 지니고 있는 기술 중 하나인 바인드를 쓰기 위한 준비 자세였다.

바인드는 상대 캐릭터에게 대미지를 줌과 동시에 10초 이상 그 자리에 묶여 있게끔 속박시키는 효과를 지닌 스킬이었다.

'아무리 날고 기어도 속박 걸어놓고 원거리에서 딜 퍼부으면 끝이지!'

강민허가 조강현의 바로 근처까지 도달하는 순간.

갑자기 강민허의 캐릭터가 왼쪽으로 방향을 틀었다.

'날 제치려고? 어림없지!'

아까처럼 탱커를 뚫고서 딜러와 힐러를 노리는 플레이를 선보이려 하는 듯했다.

그것을 놓칠세라 조강현 역시 캐릭터를 이동시켰다. 그러나 한보석의 이속 버프를 받은 덕분에 강민허의 움직임은 이들의 예상보다 한층 더 빨랐다.

"민준아! 공격해서 녀석 루트 봉인해!"

조강현의 지시에 따라 고민준이 위협사격을 기하기 시작했다. 맞으면 강민허에게 대미지를 입힐 수 있어서 좋고, 설사 맞추지 못했다 하더라도 강민허의 움직임에 제한을 가할 수 있었기에 그거대로 좋았다.

고민준의 위협사격이 시작되자 강민허의 움직임이 둔해졌다. 그 틈을 노려 빠르게 쇄도한 조강현이 지면을 향해 철퇴를 강하게 내려쳤다.

바인드, 발동!

스킬이 시전되자 녹색의 마법진이 강민허의 발밑에 형성되었다.

"됐다!"

움직임을 봉쇄한 것만으로도 크나큰 이점을 취한 셈이었다.

"민준아, 마무리해라!"

이 순간만을 기다리고 있었다!

고민준이 가할 수 있는 모든 딜을 끌어모아 데스 스트라이크 스킬을 시전했다.

가할 수 있는 대미지가 자그마치 1,000이나 된다. 탱커가 아니면 웬만해선 살아남기 힘든 어마어마한 딜량을 자랑하는 스킬 중 하나였다. 그만큼 마나 소모도 크고 시전 시간도 길었다. 그러나 10초 동안 움직이지 못하는 강민허를 노리기에는 데스 스트라이크보다 더 바람직한 기술은 없었다.

매섭게 날아다니는 탄환. 만렙이 되어야 찍을 수 있는 스킬이다 보니 임팩트 효과도 어마어마했다.

마치 사신이 낫을 들고 다가오는 것 같은 압박감을 안겨줬다. 그러나 강민허는 침착하게 대응했다.

마치 이 순간을 기다리고 있었다는 듯이 왼손을 움직였다. 현란하게 키보드를 누르는 그의 손놀림. 동시에 강민허 최고의 방어 기술이자 최강의 공격 기술이기도 한 스킬이 발동되었다.

카운터 어택!

본래 카운터 어택은 카운터를 칠 수 있는 공격과 카운터를 칠 수 없는 공격으로 분류되어 있었다. 엄밀히 말하자면, 데스 스트라이크 스킬은 후자에 속했다.

그러나 아칸의 벨트를 착용하고 있으면 일부 보스 몬스터 스킬을 제외하고 모든 스킬을 튕겨낼 수 있다.

데스 스트라이크도 마찬가지였다.

바인드는 단순히 움직임만 봉쇄할 뿐, 캐릭터의 스킬까지 봉인하진 못했다. 신의 타이밍에 카운터 어택 스킬이 발동되자, 강민허를 아웃시키기 위해 날아든 데스 스트라이크가 궤도를 틀었다.

새로운 표적이 된 유저는 바로 원딜러, 고민준!

"헉……!"

짧은 헛숨을 삼키는 순간, 고민준의 모니터 화면이 흑백으로 물들었다.

아웃당했음을 뜻하는 신호였다.

"말도 안 돼!"

당황한 건 조강현도 마찬가지였다. 그사이, 속박이 풀린 강민허가 빈틈을 노려 조강현에게 달려들었다.

"얌전히 누워서 잠이나 자라고."

탱커 조강현을 아웃시키려면 강민허 역시 데스 스트라이크급 폭딜을 넣어야 했다. 상대가 힐러도 아니고, 높은 방어력을 지닌 탱커였기에 쉴 틈도 없이 공격을 퍼붓는 게 좋았다.

그러기 위해서 가장 효율적인 방법이 바로 공중 콤보였다.

퍼어억!!

어퍼 기술로 조강현을 공중으로 띄운 강민허의 라울. 이윽고 기본기를 섞으며 순식간에 10연속 콤보를 넣었다.

단 한 번의 실수도 없이 완벽하게 콤보를 이어가는 강민허의 플레이는 예술 그 자체였다.

프로 선수들도 간혹 콤보 실수를 하게 마련이었다. 그러나 강민허는 어렵지 않게 10단 콤보를 구사했다. 에어리얼 판정까지 들어가 추가 대미지가 들어갔다. 무방비 상태에서 라울의 공격을 연속으로 허용했으니, 더 이상 버틸 재간이 없었다.

결국 조강현 또한 흑백 화면을 마주하고 말았다.

"젠자앙!!!"

쾅!

거칠게 테이블을 내려쳤다.

믿을 수 없는 일을, 그것도 두 번이나 연속으로 당해 버렸다.

조강현과 고민준이 아웃당하는 동안에 이레이저 팀의 힐러유저 역시 성진성과 한보석의 협공에 허무하게 아웃되었다.

두 번째 경기 역시 ESA 팀의 승리!

완벽한 경기 운영에 해설진과 관중들의 술렁거림이 커져갔다.

*   *   *

타이트한 원피스 차림으로 육감적인 몸매를 뽐내는 미모의 아나운서, 이화영.

그녀가 방금 치러진 ESA VS 이레이저 나인 팀의 승자 인터뷰를 하기 위해 마이크를 잡았다.

"안녕하세요, 이화영입니다. 오늘 멋진 경기를 펼친 ESA 팀 선수들을 모셔봤는데요, 우선 승리 축하드려요!"

"가, 가가가가감사합니다!"

대표로 마이크를 잡은 한보석이 말을 더듬었다.

성진성 역시 긴장한 기색이 역력했다. 그 와중에 강민허만이 평소와 다를 바 없는 표정으로 일관했다. 심지어 관중들에게 손까지 흔들어주는 여유로움을 과시했다.

그러는 동안, 이화영의 멘트가 이어졌다.

"ESA 팀은 2군 리그에서 정말 오랜만에 승리를 따낸 거 같은데요. MVP를 차지하게 된 강민허 선수에게 먼저 소감 한번 물어볼게요."

마이크를 건네받은 강민허가 가볍게 어깨를 으쓱였다.

"소감이랄 것까진 없었고, 그냥 상대가 너무 쉬웠네요."

그의 말에 관중들이 '오~!!' 하는 감탄사를 자아냈다.

꽤나 강도 높은 도발이었다.

강민허가 생각보다 쇼맨십 있는 선수임을 직감한 이화영이 추가로 질문했다.

"정말요? 이 인터뷰 내용, 이레이저 나인 선수분들도 듣고 있을 텐데. 혹시 그분들에게 해주고 싶은 말 있나요?"

"오늘 붙은 상대 말고, 다른 선수에게 하고 싶네요."

"그게 누군가요?"

"도백필 선수요."

로인 이스 온라인 최강의 선수를 언급한 강민허가 대뜸 왼손을 들어 올렸다.

그가 가리킨 곳에는 무표정의 도백필이 서 있었다.

두 선수에게 번갈아 스포트라이트가 집중되었다.

"최강자라는 자리, 조만간 제가 가지러 갈 테니까 기억해 두시길."

"……."

이제 막 데뷔한 신인 선수가 정점에 오른 도백필에게 도발을 시전했다.

e스포츠 역사상 가장 흥미로운 장면 하나가 탄생하게 된 셈이었다.

"자, 다 같이 건배!!"

"건배!"

짠!

맥주잔들이 서로 마찰을 일으키며 경쾌한 음을 들려줬다.

ESA 팀이 승리를 따낼 때마다 회식 자리를 가진다는 고깃집에 실로 오랜만에 방문했다.

그 말인즉슨, 공식 경기에서 승점을 따낸 게 간만이라는 것을 뜻했다.

게다가 그 유명한 이레이저 나인을 상대로 2 대 0 완승을 거뒀으니, 허태균 감독의 기분이 좋지 않을 리가 없었다.

"오늘은 그냥 마음껏 마셔라, 마셔! 내가 다 살 테니까!"

"감독님 최고!"

"잘 먹겠습니다!"

지글지글 구워지는 고기 앞에서 선수들이 눈빛을 반짝였다. 이렇게 기분 좋게 회식하는 건 정말 오랜만인 듯했다.

"이게 다 우리 민허 덕분 아니겠어?"

살짝 취기가 오른 모양인지 한보석이 민허의 목에 팔을 두른 채 목소리를 높였다.

반대편에서 고기를 쌈으로 싸 먹을 준비를 하던 성진성이 마지못해 대답했다.

"뭐… 오늘만큼은 인정할게요."

"진성이, 너도 참 솔직하지 못하구먼! 그때 민허가 딱딱 포지션 안 정해줬으면 우린 벌써 졌어! 안 그래? 민허야!"

졸지에 한보석으로부터 바통을 넘겨받았다.

그러나 강민허는 공을 자신의 것으로 삼지 않았다.

"형들이 전부 다 힘을 내줘서 이긴 거지, 나 혼자였으면 아마 졌을 거야."

"키야! 겸손하기까지! 더더욱 마음에 들었어, 짜식!"

한보석의 행동이 더더욱 거칠어지기 시작했다.

평소에는 얌전하던 그였으나, 이렇게 술만 들어가면 사람이 180도 바뀌는 경향이 있었다.

가장 까다로운 술버릇 중 하나였다.

그러는 와중에 스마트폰으로 무언가를 뚫어져라 바라보던 오진석이 피식 웃음을 토했다.

"야, 민허야."

"네."

"아까 네가 했던 승자 인터뷰, 벌써 기사로 다 나왔다."

"생각보다 빠르네요."

"뭐, 네 도발이 엄청 충격적이긴 했으니까."

제아무리 승자 인터뷰라 하더라도 보통 신인의 인터뷰는 그렇게까지 많은 각광을 받지 못했다.

그러나 오늘은 예외였다.

쏟아지는 관련 기사문 개수도 10개 이상 되었으며, 조회 수와 댓글 수 역시 신인의 것이라 보기 힘들었다.

세계 최강의 로인 이스 온라인 선수, 도백필의 면전 앞에서 도발을 걸었으니 이 얼마나 충격적일까.

커뮤니티 사이트에서도 오늘 민허가 보여준 강한 도발에 게시판이 후끈 달아오르고 있었다.

—그 신인, 대박이던데? 승자 인터뷰가 본 경기보다 재미있던 적은 처음이야ㅋㅋㅋ

—아니, 근데 신인이라며. 존나 건방진 거 같은데. 도백필이 선배 아니야?

—선수에게 선배고 후배고가 어디 있어? 이기는 놈이 선배지.

―윗놈 말에 공감ㅋㅋㅋㅋㅋㅋㅋㅋ

―강민허 엄청 배짱 있더라. 앞으로 볼만하겠어.

강민허와 도백필의 이름으로 도배될 정도였다.

의견은 반빈이었다.

재미있는 신인이 나타났다. 아니면 이제 막 데뷔 무대 가진 주제에 너무 무례하다.

스마트폰을 다시 주머니 속으로 집어넣은 오진석이 여전히 입가에 미소를 유지했다.

"팬과 안티를 동시에 양성해 낼 줄이야. 대단한 녀석이야, 넌."

"칭찬으로 듣겠습니다."

"안티가 생겼다고 하는데도?"

"무관심보다는 나을 테니까요."

"하하, 역시 이상한 놈이라니까."

강민허에게 관심을 가지기 시작했다는 것만으로도 그는 오늘 보여준 퍼포먼스가 긍정적인 효과를 가져왔다고 생각했다.

프로 선수를 먹여 살리는 건 실력도 실력이지만 인지도 역시 중요한 몫을 차지하고 있었다.

프로게이머는 수명이 매우 짧은 편이다. 20대 후반에 접어들더라도 퇴물 소리를 듣는데, 30대가 되면 무엇을 하며 먹고 살겠는가.

게임 실력만을 앞세워 평생 프로게이머 생활을 할 수는 없었다. 강민허도 현실적으로 그건 불가능하다 생각하고 있었다.

그래서 훗날을 위해서라도 그는 자신의 인지도를 키우고 싶어 했다.

인지도를 많이 얻어두는 것만으로도 프로게이머에겐 크나큰 이점을 가져다준다. CF도 찍을 수 있고, 자신만의 게임단을 차릴 수도 있으며, 게임을 전문으로 방송하는 개인 방송인으로도 거듭날 수 있다.

인지도는 은퇴를 앞둔 프로게이머에게 여러 가지 다양한 선택지를 제공한다.

트라이얼 파이트 7 세계 대회에 우승했을 때보다도 훨씬 더 자주 이름이 언급되는 현상을 접하자, 강민허는 묘한 기분을 느낄 수밖에 없었다.

로인 이스 온라인이 확실히 인기가 있다는 것도 실감되었지만, 동시에 격투 게임의 대중성 여부에 대해 씁쓸한 입맛을 다셨다.

그러나 과거보다는 현재와 미래가 더 중요하다.

자신을 믿고 의지하는 고아원 아이들을 위해서라도 좀 더 나아가지 않으면 안 된다.

그러나 그전에 먼저 해결해야 할 일이 있었다.

"민허야! 잔 비었잖냐!! 어서 술 채워!"

"……."

점점 과격해지는 한보석의 술주정에서 벗어나는 것이 수순이었다.

* * *

축제 분위기의 ESA 팀과 달리, 이레이저 나인은 초상집 분위기 그 자체였다.

"그 쪼렙 녀석, 정체가 뭐야!!"

조강현이 울분을 토해냈다.

하기야 억울할 수밖에 없었다. 강민허가 비록 트라이얼 파이트 7 세계 대회에서 우승한 경력이 있는 게이머라 하더라도 로인 이스 온라인은 초보 중에서도 초보였다.

실제로 그가 로인 이스 온라인을 접한 지는 채 두 달이 안 됐다. 그런데 그 짧은 기간에 프로 팀에 입단하고, A 리그 엔트리 자리 하나를 꿰차더니 최강의 팀이라 불리는 이레이저 나인을 격파했다.

심지어 이들의 실책으로 인해 이레이저 나인의 상징이라 불리는 도백필마저 공식 석상에서 모욕 아닌 모욕을 당했다.

그러나 정작 도백필은 평소와 다를 바 없었다.

"진정해라, 강현아. 선수가 이길 때도 있고 질 때도 있는 법이지."

"······."

"마음 가라앉히고 오늘은 자라. 자고 일어나면 괜찮아질 거야."

"···예, 선배님."

조강현을 먼저 방으로 돌려보내자, 이 모든 정황을 멀리서 지켜보던 구민창 감독이 도백필에게 다가왔다.

"백필아."

"예, 감독님."

"잠깐 나 좀 보자."

"······?"

"할 이야기가 있어서 그래."

조용히 사무실로 그를 호출하는 구민창 감독.

자정에 가까운 시간이었지만, 프로게이머들이 머무르는 숙소의 불은 여전히 환하게 밝혀져 있었다.

야행성인 선수들이 많았기 때문이었다.

꽤 넓은 감독 사무실로 장소를 옮긴 도백필이 먼저 입을 열었다.

"할 이야기가 뭔가요?"

"오늘 봤던 강민허 선수, 어떻게 생각하냐."

"글쎄요. 신인치고는 꽤 실력 있는 선수 같던데요. 게다가 실력에 대한 자신감도 넘치고요. 플레이 보니 딱 알겠더라고요."

"흠, 그러냐."

"근데 왜 그런 질문을?"

"아니. 그 선수가 대놓고 널 지목하기에 나는 또 너랑 사적으로 아는 사이인 줄 알았다."

"하하하! 설마요. 오늘이 첫 대면이었어요."

이런 오해를 받는 것도 당연했다. 보통 신인의 패기로는 웬만해선 할 수 없는 도발이었으니까.

"그나저나 내일부터 또 인터뷰 요청 겁나게 많이 들어오겠구먼."

"저한테요?"

"어. 강민허와 무슨 관계인지, 그리고 승자 인터뷰에 대해서 어떻게 생각하는지. 뻔하잖냐?"

"하긴, 그러네요."

실제로 경기가 끝난 뒤, 수많은 기자들이 도백필에게 다가와 도발을 받은 감상에 대해 물었다.

물론 그때는 경황이 없어서 제대로 답해주지 못했지만, 분명 인터뷰를 가질 때마다 그에 관련된 질문이 들어올 것이다.

왜냐하면 그만큼 오늘 있었던 일이 큰 화제가 되었으니까.

"대답은 정해져 있잖아요."

어깨를 가볍게 으쓱인 도백필이 가벼이 흘리는 식으로 대답했다.

"그냥 귀여운 신인의 애교 정도로 봐주면 되는 거죠. 굳이 제가 응수할 필요 있을까요?"

*　　　　*　　　　*

A 리그에서 대활약을 펼친 강민허의 플레이 영상은 로인 이스 온라인에 관련된 커뮤니티, SNS 등에 빠르게 퍼져 나갔다.

5레벨, 소위 말해서 쪼렙이라 불리는 저레벨 캐릭터로 만렙 유저를, 그것도 일반 아마추어도 아닌 프로 자격증을 가지고 있는 상대방을 농락하는 모습은 가히 묘기에 가까웠다.

게임 전문가들도 강민허의 기이한 플레이를 중점적으로 연구하는 모습을 보였다. 5레벨로 저런 움직임이 가능할까? 5레벨로 저런 반응이 가능할까? 원인은 제대로 규명할 수 없었다. 그러나 결론은 하나로 굳혀졌다.

강민허이기에 가능하다. 이것이 정답이었다.

실제로 강민허의 플레이를 따라해 보는 이들도 있었다. 하나 결과는 암울했다.

강민허라는 독보적인 존재의 출연으로 인해 ESA 팀도 오랜만에 팬들의 관심을 집중적으로 받기 시작했다.

"카페 방문자 수가 네 자리 이상이 되는 건 정말 오랜만에 보는 거 같네."

나선형 코치가 ESA 팀 팬 카페 방문자 수를 확인하자마자 놀라움을 토해냈다.

그는 직접 경기장에 가지 못했다. 숙소에 남아서 남은 선수들을 대신 책임져야 했기 때문이다.

그러나 경기는 선수들과 같이 관람했다. 그중에는 ESA 팀의 주장인 최승헌도 포함되어 있었다.

"어떠냐, 승헌아."

"뭐가요?"

바로 옆에 있던 최승헌에게 말머리를 돌렸다.

"민허 말이야. R 리그에서도 써먹을 수 있을 거 같아?"

"그거야 모르죠. 이제 막 오프 경기 한 번 치렀을 뿐이잖아요? 그 한 번으로 모든 것을 평가하기엔 무리가 있다고 생각합니다만."

"짜식, 냉정하긴."

그래도 최승헌의 말이 옳았다.

단 한 번의 경기로 그 선수의 기량을 전부 파악하는 건 섣

부른 일이었다.

게다가 이번에는 변수도 존재했다.

"만약 이레이저 나인이 민허의 플레이 성향을 알고 있었다면 쉽게 대응했겠죠. 이번에 저희가 승리한 건 상대가 제대로 민허에 대해 조사하지 않고 방심했다는 점입니다. 그 빈틈을 노렸기에 이길 수 있었던 거지, 만약 그런 변수가 없었다면 무참히 발렸을지도 모르죠."

"하긴, 그렇지."

냉정하게 들릴지 모르지만 구구절절 맞는 말들이었다.

사실 나선형도 같은 생각을 하고 있었다. 이레이저 나인이 강민허에 대한 대비책을 충분히 세우고 출전했더라면, 오늘과 같은 패배는 맛보지 않았을지도 몰랐다.

그래도 어제 거둔 승리는 ESA 팀한테 매우 소중한 의미가 담겨 있었다.

준플레이오프 진출을 꿈꿀 수 있는 발판을 마련한 셈이었기 때문이다.

"남은 경기도 다 이겨주면 좋겠는데."

"그건 현실적으로 불가능해요, 코치님."

"꿈 정도는 꿀 수 있잖아."

"헛된 꿈을 꿔봤자 괴롭기만 할 뿐입니다. 아무튼 전 그만 가볼게요."

연습하러 가보겠다는 뉘앙스를 풍기며 장소를 이탈했다.

그의 뒷모습에 쓴웃음을 지은 나선형. 그때, 귓가에 초인종 소리가 들려왔다.

"예, 나갑니다."

숙소를 방문한 의문의 누군가. 오늘 이곳을 찾기로 예정되어 있는 외부인은 없었다.

도대체 누굴까. 그런 생각을 품으며 현관문을 여는 순간, 눈을 의심할 만한 광경이 펼쳐졌다.

"안녕하세요. 여기가 ESA 팀 숙소 맞죠?"

낭랑한 목소리를 지닌 아리따운 소녀.

앳된 모습을 통해 그녀의 나이가 많지 않음을 짐작할 수 있었다.

"수, 숙소요? 네. 맞긴 합니다만."

어벙한 표정으로 대답하는 나선형에게 소녀가 잘됐다는 식으로 미소 지었다.

그러고서 그녀의 방문 목적이라 할 수 있는 특정인의 이름을 거론했다.

"혹시 여기에 민허 오빠 있어요?"

제6장
가치의 증명

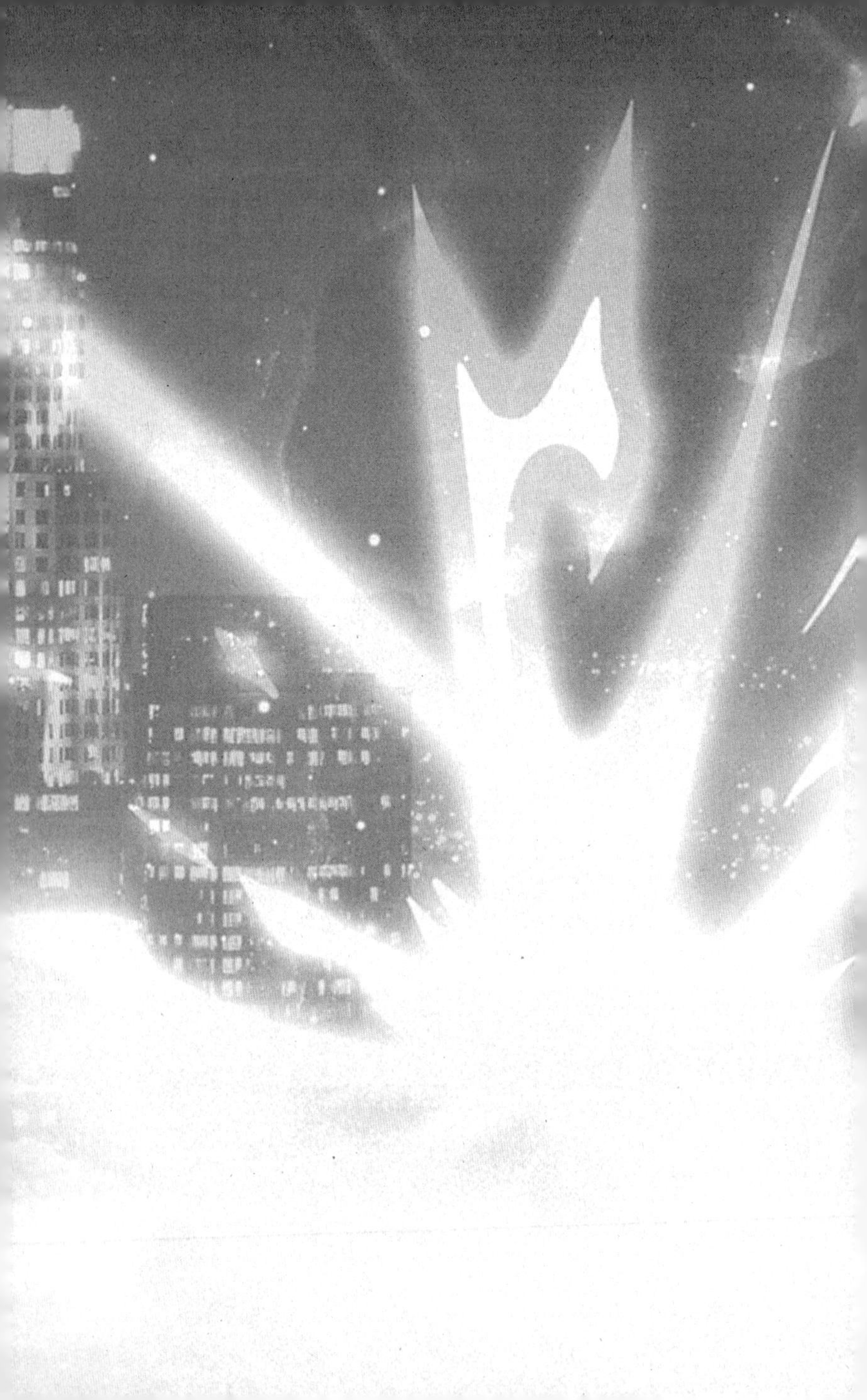

거의 남자들만 득실대는 ESA 숙소에 정말 보기 드문 미인이 방문했다.

그 소문이 급속도로 퍼져 나가자, 연습실에 몰려 있던 선수들이 우르르 현관으로 몰려 나갔다.

성진성과 한보석도 마찬가지였다.

"우와, 대박이네."

"연예인인 줄 알았어."

"뭐지? 저 사람, 누구 팬이야?"

"부럽다… 나도 저런 여성 팬 없나."

선수들의 부러움 수치가 기하급수적으로 상승했다.

멍하니 여성을 바라보던 성진성이 목소리를 낮췄다.

"보석이 형, 저 사람. 누구 팬이래?"

그의 목소리에는 왠지 모를 기대감이 담겨져 있었다.

혹여나 내 팬이 아닐까?

하기야 얼마 전, ESA는 이레이저 나인을 상대로 2 대 0이라는 압도적인 스코어로 승리를 따냈다. 그 경기는 지금까지도 계속해서 회자가 될 만큼 유명세를 탔다.

성진성도 거기서 적지 않은 활약을 펼쳤다. 그렇기에 그 경기를 통해 자신의 팬이 된 사람이 선물을 전달하러 온 건 아닐까 하는 기대를 해본 것이었다.

그러나 한보석도 그녀가 누구인지 모르는 눈치였다.

"내가 알 리가 없잖아. 방금 너랑 같이 내려왔는데."

두 사람을 비롯해 다른 선수들도 각기 행복한 상상의 나래를 펼쳤다.

선수들의 웅성거림이 커지자, 나선형 코치가 이들을 통제하기 시작했다.

"구경거리 났냐. 올라가서 연습이나 해라."

"코치님! 저 여성분, 누굽니까?"

한 선수가 용기를 내 물었다. 그러자 나선형 코치가 가벼운 웃음을 토한 후에 답을 들려줬다.

"민허 찾아왔다고 하더라."

"미, 민허요?!"

"젠장, 하필이면 강민허냐!"

성진성이 자신의 머리카락을 쥐어뜯다시피 했다.

그 많고 많은 선수들 중에서 왜 강민허일까. 하긴, 성진성이 활약했다 생각하는 그 경기에서 MVP를 따낸 선수는 바로 강민허였다. 그 경기를 통해 ESA 팀의 팬이 되었다 하더라도 성진성보다 강민허일 확률이 훨씬 높았다.

게다가 강민허는 도백필을 향한 특유의 도발 퍼포먼스로 인지도를 급격하게 끌어올린 선수였다. 신인이라고 보기 힘든 강민허의 배포에 마음을 빼앗긴 여성이 한두 명 정도 있어도 이상하진 않았다.

원래 팬이라 하더라도 이렇게 함부로 숙소 안으로 들이거나 할 수는 없었다. 그러나 나선형 코치는 이례적으로 그녀를 숙소 거실까지 안내했다.

여성 팬이라 그런 걸까? 아니면 강민허의 첫 팬이라 그런 걸까?

여러모로 특혜를 많이 누리고 있었다.

"아, 진성아. 가서 민허 녀석 좀 데려와라."

상처받은 여린 마음에 확인 사살을 가하는 나선형 코치의 한마디. 강민허의 팬이라는 것도 짜증 나는데, 거기에 심부름

꾼 역할까지 하라고 하니 절로 반감이 생길 수밖에 없었다.

"그 녀석, 자고 있을 텐데요."

"깨워서라도 데려와. 중요한 손님 왔다고."

"…알았어요."

마지못해 이들이 생활하고 있는 3인실 방으로 향했다. 이불을 두른 채 단잠에 빠져 있는 강민허의 엉덩이를 발로 뻥! 찼다.

"아얏!"

"언제까지 퍼질러 잘 거냐. 손님 왔으니 나가 봐라."

"손님? 누군데……."

"니 팬."

"그럼 나중에 찾아오라고 해. 난 지금 바쁘다고……."

"자는 게 뭐가 바쁘냐. 코치님이 억지로라도 데려오라 했으니 좋은 말로 할 때 빨리 일어나라."

"…쳇."

마지못해 상반신을 일으킨 강민허가 늘어지게 하품을 하며 거실 쪽으로 걸어갔다.

보통은 팬이 왔다고 하면 꽃단장은 아니더라도 세면, 세족 정도는 하는 편이었다. 그러나 너무 팬을 기다리게 하는 것도 예의가 아니라 생각한 모양인지 뻗힌 머리만 대충 손으로 꾹꾹 누르고서 거실로 향했다.

그가 모습을 드러내자, 여성 팬으로 추정되는 여성이 환하게 미소 지었다.

"오빠!"

"누군가 했더니 너였냐."

여성 팬을 보자마자 곧장 말을 놓는 강민허였다.

그가 익히 잘 아는 사람이었기 때문이다.

윤민아. 그녀가 못마땅한 표정을 지으며 민허에게 다가왔다.

"왜 그렇게 실망한 표정을 짓는 거야. 기껏 여기까지 왔는데."

"숙소 위치는 어떻게 안 거야."

"검색하니까 나오던데?"

"세상이 좋아져도 너무 좋아졌어."

검색하면 웬만한 정보는 다 나오는 세상 아니겠는가. 불평불만을 가져도 어쩔 수 없었다.

한편, 이들의 대화를 경청하던 선수들의 표정이 의아함으로 물들었다. 그러나 유일하게 나선형 코치만이 그럴 줄 알았다는 식으로 입을 열었다.

"여동생이라고 했었지?"

"엄밀히 말하자면 친동생은 아니고요. 여동생처럼 지내는 녀석이에요."

"애인 관계나 그런 건 아니고?"

"코치님, 혹시 여동생 계시나요?"

"둘 있지."

"그 여동생이랑 연인이 된다고 생각해 보세요."

"…끔찍하군."

"저도 마찬가지입니다."

강민허의 추가 설명은 참으로 납득하기 쉬웠다.

이들의 대화를 경청하던 선수들이 그제야 강민허가 윤민아에게 시큰둥한 반응을 보였던 이유에 대해 알 것 같다는 식으로 고개를 끄덕였다.

그러나 윤민아만이 유일하게 얼굴이 붉으락푸르락 변모되었다.

"기껏 와줬더니 완전 푸대접이네!"

"오라고 애원한 적도 없어. 그것보다 왜 온 거야."

"…요리해 주려고."

"요리?"

"팀원분들에게 우리 오빠 좀 잘 부탁한다고 인사 겸해서. 자, 여기 재료들도 사 왔어."

등에 짊어지고 있던 백팩 안에서 요리 재료들을 주섬주섬 꺼내기 시작하는 윤민아의 모습에 선수들도, 그리고 나선형 코치도 황당한 얼굴을 했다.

그러는 와중에 깊은 한숨을 내쉰 강민허가 그녀의 행동을 저지시켰다.

"민폐다, 민폐야. 요리해 줄 필요 없으니까 얌전히 돌아가."

"왜! 고기도 많이 사 왔는데. 코치님, 부엌 빌려도 되죠?"

갑자기 이야기의 화살이 나선형에게로 돌아갔다.

윤민아는 본능적으로 나선형 코치가 지금 이 숙소에 있는 사람들 중에서 가장 직급이 높은 사람임을 알아차렸다.

그녀의 애교 공격이 생각보다 꽤나 강력했던 탓일까. 나선형 코치가 강민허의 어깨를 몇 번 토닥였다.

"오빠로서 여동생의 호의를 거절하면 쓰나."

"고마워요, 코치님!"

결국 윤민아의 살살 녹는 애교에 함락된 나선형 코치였다.

*   *   *

제육볶음과 마파두부, 참치김치찌개 등등.

맛도 맛이지만, 다수의 선수들이 머무르는 숙소였기에 꽤나 많은 양을 요리해야 했다.

그러나 윤민아는 별다른 어려움 없이 요리를 이어갔다. 부엌 너머로 앞치마를 두른 윤민아의 거침없는 손놀림을 바라보던 한보석이 민허에게 슬며시 물었다.

"여동생분이 솜씨가 제법이네."

"뭐, 그렇죠."

윤민아는 고아원 아이들을 뒷바라지하는 역할을 어렸을 때부터 자처해 왔다. 하루에 최소 10인분 이상의 식사량을 만들어야 하는 생활을 계속해서 해왔기에 숙소에서의 요리도 별다른 어려움은 없었다.

직접 맛을 본 선수들에게도 꽤나 호평을 받았다.

많은 양을 요리하면 반대로 맛이 떨어질 수도 있었다. 그러나 윤민아는 맛의 조율까지도 정확하게 맞췄다.

"일등 신붓감이네."

"고마워요, 코치님."

나선형 코치의 칭찬을 곧장 캐치한 윤민아가 눈웃음을 지었다.

그러나 강민허는 윤민아가 이곳에 있는 게 마냥 불편했다.

"다 끝났으면 빨리 가라."

"설거지하고 가야지."

그녀의 말이 끝나자마자 성진성이 고개를 크게 가로저었다.

"설거지는 저희가 할게요! 음식 만들어주신 것만으로도 고생하셨으니까요."

"그래도……."

"괜찮습니다! 우리 민허도 그렇게 생각할 겁니다. 그치, 민허야?"

"……."

우리 민허라니.

평소 성진성에게 듣기 힘든 표현법이었다.

선수들 역시 성진성의 의견에 힘을 보탰다. 식사 대접까지 받은 마당에 뒤처리까지 떠넘기는 건 예의가 아니라는 게 대다수의 생각이기 때문이었다.

결국 마지못해 설거지를 선수들에게 맡기기로 결정을 내린 후.

고아원 아이들 식사도 챙겨야 했기에 곧장 나갈 채비를 갖추기 시작했다.

"그럼 가볼게, 오빠."

"조심해서 들어가라. 수상한 아저씨가 사탕 준다고 따라가지 말고."

"애 아니거든?!"

발끈하는 윤민아였지만, 오히려 그런 모습이 더 귀엽게 보였다.

숙소 입구까지 윤민아를 데려다줬을 때였다.

"오빠."

"또 왜."

"원장님이 다음 경기도 힘내래."

"……!"

순간 민허의 표정이 삽시간에 굳어졌다.

여태 원장에게 자신이 프로게이머 생활을 하고 있다는 걸 철저하게 숨기고 있었다고 생각했다.

그러나 상황은 그 반대였다.

"언제부터 알고 계셨던 거야. 설마 저번 방송 때?"

"음… 오빠가 격투 게이머 시절 때부터?"

"꽤 예전부터였네."

"오빠한테 괜히 부담 주기 싫어서 일부러 모른 척하고 계셨던 거야."

"너도 그거 알고 있었어?"

"응."

"하아."

왠지 다리가 풀리는 듯했다.

그러나 동시에 속이 시원한 기분도 들었다.

외국계 기업을 다닌다는 어쭙잖은 거짓말로 원장을 속이는 건 한편으론 죄책감도 드는 일이었다.

그러나 이제는 홀가분하다고 할까. 앞으로 TV에 얼굴을 자주 내비칠지도 모르니 오히려 이렇게 다 드러내는 게 심적으로 부담도 덜하고 좋았다.

"어쨌든 다음도 힘내! 맛있는 거 먹여줬으니까 꼭 이기고!"

"알고 있어."

강민허는 앞으로 나아가지 않으면 안 된다.

왜냐하면 그를 믿고 의지하는 사람들이 많기 때문이었다.

'이제부터 내 가치를 스스로 증명해 나가면 돼.'

윤민아의 방문으로 인해 다시금 굳은 결심을 내린 강민허.

그의 두 눈동자에 의욕이 가득 깃들었다.

*　　　　*　　　　*

ESA 팀의 두 번째 경기가 있는 날.

이번에도 ESA 팀의 멤버는 강민허와 한보석, 그리고 성진성
이었다.

허태균 감독은 남은 2군 리그 엔트리를 이 세 명으로 계속
해서 고정시킬 방침이었다. 팀 자체적으로도 가장 안정적인
승률을 자랑했기 때문이다.

가장 우려했던 팀워크 문제도 어느 정도 크게 해결되었다.

성진성과 강민허의 갈등 문제. 이것이 해결된 이유는 예상
외로 간단한 곳에 있었다.

"어흠."

괜히 헛기침으로 이목을 집중시키는 성진성. 그러더니 옆에
앉은 민허를 응시했다.

"그… 민아 씨는 잘 계시냐."

"민아 씨?"

"네 여동생분 있잖냐."

"너무 잘 지내서 탈이지."

"직관 같은 건… 안 오고?"

"바빠서 못 올걸?"

"그, 그렇구만. 으음……."

성진성에게도 봄이 왔다.

그러나 문제가 있다면, 윤민아가 하필이면 자신이 죽도록 싫어하는 강민허의 여동생이라는 점이었다.

그래도 사랑에는 국경도, 나이도 없는 법.

그 정도 시련은 충분히 극복할 수 있다고 생각한 모양인지 윤민아를 향한 관심을 남몰래 품기 시작한 성진성이었다.

그런 그의 뒤통수를 가볍게 탁! 하고 때린 나선형 코치가 경고했다.

"경기 앞두고 있는데 어디서 잡생각이냐. 집중해라, 집중."

"알고 있어요."

이레이저 나인과의 경기 때문일까. 반대쪽 부스 안에 자리 잡은 오늘의 상대 팀, 세인트 엔젤스 선수들의 얼굴에는 긴장 감이 잔뜩 어려 있었다.

반면, ESA는 어느 정도 여유 있었다.

어차피 ESA는 잃을 게 없는 팀이었다. 한 번이라도 지는 순간, 바로 준플레이오프 자격을 상실하지만 어차피 이들은 만년 꼴찌 팀이라 불리는 팀이었다. 기대치도 낮기에 큰 부담도 없었다.

반면, 세인트 엔젤스는 1군이든 2군이든 항상 상위권 성적을 거두던 팀이었다.

잃을 게 없는 팀과 잃을 게 많은 팀의 대결. 부담이란 이름의 무거운 짐은 전자보다 후자에게 보다 더 크게 작용하고 있었다.

A 리그와 R 리그를 통틀어 항상 팀 랭크 상위권을 유지하는 세인트 엔젤스는 항상 강팀으로 취급받는 구단이기도 했다.

이레이저 나인을 상대로 절대 꿀리지 않는 자신감을 가질 수 있는 몇 안 되는 팀 중 하나. 그럼에도 불구하고 부스 안에 위치한 선수들의 표정은 그리 좋지 않았다.

"저 녀석이 그 소문의 쪼렙 선수인가 본데요?"

가볍게 손을 풀던 세인트 엔젤스 소속, 오태준 선수가 ESA 부스를 응시했다.

그 옆에서 마지막에 마지막까지 세팅에 신경 쓰던 팀 리더, 장수화가 작게 고개를 끄덕였다.

"인터뷰 한 번으로 얼굴 제대로 각인시켰으니까. 아마 모르는 사람도 얼마 없을걸."

R 리그에서 뛰는 1군 선수들조차도 이제는 강민허라는 이름 세 글자는 다 알 정도였다.

같은 프로게이머라 하더라도 누구 하나 도백필에게 대놓고 도발하지 못했다. 그만큼 도백필은 강자 중에서도 강자로 분류되는 선수였다.

그런데 갑자기 등장한 초짜 신인이, 그것도 도백필의 면전 앞에서 그를 도발할 줄이야. 누가 상상이나 했겠는가?

신인의 패기를 제대로 보여준 강민허. 그는 이미 업계 관계자들 사이에선 유명인이 다 되어 있었다.

아직까지 그를 높게 평가하는 이들은 사실 별로 없었다. 고작해야 오프 경기 한 번 치렀을 뿐이니 말이다.

세인트 엔젤스 소속, 김훈 선수도 마찬가지였다.

"선배님들, 너무 그렇게 관심 주지 마세요. 본래 이 바닥에 관심 종자 하나씩은 꼭 있는 법이잖아요? 그냥 입만 산 녀석이겠죠."

김훈의 말도 설득력은 있었다.

아직 실력이 제대로 검증되지 않은 신인이지 않은가. 게다가 사용하는 캐릭터의 레벨은 고작해야 5레벨. 그렇다고 아이템도 휘황찬란하게 두르고 있다거나 한 것도 아니었다.

위협이 될 만한 요소는 거의 없다시피 했다.

그래도 방심은 금물이었다.

"상대가 누구든 최선을 다하는 게 우리 팀의 방식이다. 쪼렙이라 해도 이 말을 결코 간과해선 안 된다."

언제든지 변수가 생길 수 있는 게 바로 스포츠라는 것이다.

e스포츠 역시 마찬가지였다.

'이레이저 나인이 진 게 과연 우연의 일치일지 한번 직접 확인해 볼까.'

마우스를 움켜쥔 장수화의 손에 힘이 들어갔다.

*   *   *

경기 시작 5분 전.

카메라가 부스 안을 비추면서 선수 한 명, 한 명의 모습을 집중 조명했다.

선수 소개 차례라는 사실을 알아차린 한보석과 성진성은 굳은 얼굴로 모니터를 응시했다.

반면, 이 두 사람과는 다르게 강민허는 오른손으로 브이(V) 자를 만들어 보이는 등 가벼운 퍼포먼스를 선보였다.

이에 따라 관중들 역시 열화와 같은 성원을 보내왔다.

그 모습을 바로 곁에서 지켜보던 성진성이 질렸다는 표정을 지었다.

"너, 그러다가 경기에서 지기라도 하면 어쩌려고."

"이기면 되잖아?"

"어휴, 이 녀석 진짜……."

강민허의 자신감은 여전히 공감이 안 됐다.

세인트 엔젤스 선수 소개까지 끝나자, 부스 안에 위치한 스태프가 선수들에게 경기 준비를 지시했다.

"곧 경기 시작합니다."

"예."

헤드셋을 착용하고서 키보드와 마우스 위에 손을 올렸다.

머지않아 민영전 캐스터의 우렁찬 함성 소리가 스타디움을 가득 채웠다.

"ESA와 세인트 엔젤스, 세인트 엔젤스와 ESA의 경기를 시작하겠습니다!!!"

엄청난 함성 소리와 함께 대형 모니터에 경기 장면이 바로 떴다.

인게임으로 들어가는 동안, 민허가 세인트 엔젤스 선수들의 포지션을 다시금 되짚었다.

'흑마법사, 마법사, 그리고 전사 클래스라 했었지.'

특이한 조합이었다.

보통의 경우에는 마법사나 딜러 하나, 그리고 탱커나 근접

형 전사 하나, 힐러나 보조 형태 클래스 하나. 이런 포지션이 보편화되다시피 했다.

하나 세인트 엔젤스는 마법사 클래스만 두 명이 포진되어 있었다.

게다가 한 명은 흑마법사. 극도로 공격적인 성향을 지니고 있는 클래스 중 하나였다.

'마법사가 버프 겸 원거리 공격 담당까지 겸하는가 보네.'

3 대 3 팀전이었기에 클래스 조합도 상당히 중요했다.

상대방의 전력과 포지션 형태를 알아둬야 가장 먼저 노릴 타겟을 정할 수 있기 때문이었다.

인게임으로 들어오자마자 한보석이 민허에게 의견을 물었다.

"누구부터 노릴래?"

"마법사."

"오태준 선수?"

"응."

"이레이저 나인 전 때와 같은 방식으로 갈 거야?"

민허가 단독 플레이로 나가고, 한보석과 성진성이 팀플레이 형태로 움직인다는 그런 형태의 작전이었다.

"일단은 맛보기로 한번 해보고. 작전 수정은 차후에도 가능하니까, 우선은 각자의 생존을 우선으로 해서 움직이는 게 좋을 거 같아."

"알았어. 진성아, 들었지?"

"물론이죠! 우리 민허가 짠 작전인데, 군말 않고 따르겠습니다!"

"그, 그러냐……."

요즘 들어 민허에 대한 애정이 기하급수적으로 상승한 성진성. 좋은 현상이지만, 하루아침에 민허에 대한 태도가 변해 버렸으니 오히려 적응이 안 됐다.

여하튼 민허의 작전대로 움직이기 시작하는 ESA 팀원들. 선봉으로 민허가 홀로 튀어나오자, 세인트 엔젤스 팀원들은 마치 예상이라도 했다는 듯한 반응을 보였다.

"훈아, 네가 전담 마크해라."

"예, 선배님!"

장수화의 지시에 따라 김훈이 민허를 향해 빠르게 튀어나갔다.

이름하여 맨투맨 작전이었다.

강민허가 사용하는 캐릭터, 라울은 5레벨밖에 되지 않는 쪼렙이었다. 반면, 김훈의 전사 캐릭터는 만렙에다가 레전더리 등급 아이템으로 중무장했다. 1 대 1로 겨루면, 김훈이 질 리가 없었다. 그렇게 판단을 내린 것이다.

그러나 이들의 계산 속에는 민허의 피지컬이 포함되어 있지 않았다.

"뒈져라!"

김훈이 먼저 일격을 가했다.

그의 투핸드소드가 매섭게 휘둘러졌다.

그러나 논타겟팅 공격인 이상, 민허의 입장에선 충분히 보고 피할 만큼의 움직임이었다.

물론, 한 대라도 맞으면 바로 골로 가겠지만 말이다.

후우웅!!

육중한 투핸드소드를 간발의 차이로 회피한 민허. 한 번의 공격을 흘려보낸 뒤에 찾아온 기회를 민허가 놓칠 리가 없었다.

라울의 중단 공격이 정확히 꽂혔다. 그러나 예상외로 그리 많은 대미지가 들어가지 않았다.

[세인트 엔젤스]김훈: 모기인 줄 알았네.

김훈이 입력한 채팅 문구였다. 그러자 관중석에서 작은 웃음소리가 새어 나왔다.

대놓고 민허를 도발하는 행동이었다.

그러나 강민허의 표정은 변함이 없었다. 오히려 상대방을 냉정하게 분석해 갔다.

'딜탱인가.'

투핸드소드라는 양손 무기로 딜을 극대화시킴과 동시에 중갑으로 장비를 세팅해 방어력 역시 높았다.

말 그대로 딜도 되고 탱도 되는 최고의 포지션이었다.

그러나 완벽함 뒤에 숨겨진 약점은 분명 존재할 터.

그 단점을 공략하기 위해 강민허의 손놀림이 더더욱 빨라졌다.

다시 한번 휘둘러지는 김훈의 공격을 피해 이번에도 같은 방식으로 중단 공격을 선사했다.

그러나 대미지는 여전히 모기 딜 수준으로 들어갔다.

또다시 김훈의 공격. 그리고 회피 이후 강민허의 공격이 이어졌다.

이것이 수차례 반복되었다.

[세인트 엔젤스]김훈: 언제까지 모기 딜만 넣을 거냐.

김훈이 참다못해 또다시 도발성 채팅을 시전했다.

그러자 민허가 곧장 맞채팅으로 응수했다.

[ESA]강민허: 본인 HP는 보고 그런 말을 하는 거야?

"……!"

순간 김훈의 표정이 굳어졌다.

모기 딜이라 하더라도 결국 대미지는 들어가는 법이었다.

처음에는 갑옷에 흠집도 주지 못할 정도로 약한 공격이었다. 그러나 그 공격이 반복되고, 반복되고. 또 그 공격을 허용하고 허용하다 보니 어느 순간 HP가 거의 바닥을 드러내기 시작한 것이었다.

"언제 이렇게……!"

PvP에선 회복 포션도 사용 불가였다. 게다가 방어력과 공격력 위주로 세팅했기에 자체 힐 스킬도 없었다.

결국 같은 팀원들에게 회복 지원을 요청할 수밖에 없었다.

하나 장수화와 오태준은 성진성과 한보석이 전담 마크하고 있었다. 김훈을 도와줄 여력이 되지 못했다.

중갑류의 방어구는 높은 방어력을 자랑하지만, 동시에 큰 단점을 지니고 있었다.

바로 움직임을 느리게 만든다는 것이었다.

투핸드소드 같은 양손 무기 역시 같은 단점을 지니고 있었다.

느린 속도. 그것을 적극 활용한 민허의 전략이 제대로 먹혀들어간 것이었다.

김훈이 방심한 틈을 타 순식간에 안으로 파고든 강민허의 라울. 이윽고 강력한 딜을 자랑하는 스킬 중 하나인 붕권이 작렬했다!

삐어어어억!!

경쾌한 타격음이 이어지자, 김훈의 HP가 바닥까지 떨어졌다.

김훈을 아웃시킨 건 좋으나, 아직 경기를 이긴 건 아니었다.

곧장 캐릭터를 움직이기 시작한 강민허. 그가 노릴 다음 타겟은 흑마법사, 장수화 선수였다.

한보석과 각축을 벌이던 장수화였기에 미처 강민허가 큼지막한 공격을 가해온다는 사실을 눈치채지 못했다.

"이런!"

강민허의 일격이 정확히 그의 캐릭터를 꿰뚫었다!

마법사 클래스였기에 근접 공격에 약했다. 게다가 운이 나쁘게 크리티컬 판정까지 뜨자, 장수화 역시 아웃 신세를 면치 못했다.

남은 타겟은 오태준, 한 명뿐. 가뜩이나 성진성 하나만으로도 벅차했던 오태준인데 민허와 한보석의 협공을 당해낼 재간이 없었다.

결국 세인트 엔젤스 모든 인원이 당했다.

"나이스 플레이, 강민허!"

한보석이 엄지를 추켜올렸다. 그러나 강민허는 오히려 이런 결과가 당연하다는 듯이 작게 고개를 끄덕일 뿐이었다.

"이제 남은 경기만 가져오면 되는데, 그다음은 아마 어렵겠지?"

한보석의 걱정도 전혀 근거 없는 건 아니었다.

이들의 전략이 드러난 이상, 세인트 엔젤스는 더더욱 견고히 대응할 것이다. 이레이저 나인 때에도 그랬으니까.

하나 강민허의 생각은 달랐다.

"오히려 두 번째가 더 쉬울걸."

"쉽다니. 그게 무슨 뜻이야?"

"보면 알 거야."

"……?"

이때 당시만 하더라도 두 사람은 강민허가 하고자 하는 말의 진의가 무엇인지 알아차리지 못했다.

*   *   *

첫 번째 경기의 여파 때문일까.

잔뜩 화가 오른 김훈이 테이블을 연달아 내려쳤다.

"저딴 쪼렙 새끼한테 지다니……!"

"아서라. 분노는 아무것도 해결해 주지 않아. 차분하게 경기해."

장수화가 멘탈 케어를 해주기 위해 그를 위로했지만, 효과
는 없었다.

씩씩거리는 상태로 경기에 임하는 김훈. 그 모습을 말없이
지켜보던 장수화는 안 좋은 예감이 드는 걸 느꼈다.

뒤이어 시작된 두 번째 경기.

인게임에 들어감과 동시에 강민허가 보내온 메시지가 채팅
창에 새겨졌다.

[ESA]강민허: 아까 나랑 붙었던 허접, 어디 갔나? 또 한번 붙
어볼까?

강도 높은 도발성 발언이었다.

채팅창을 보는 순간, 김훈의 눈이 뒤집어졌다.

"저 새끼가!!!"

결국 지 분에 못 이겨 무작정 적진으로 달려들었다.

장수화와 오태준이 김훈을 말려봤지만, 김훈의 탈선을 막기
엔 늦었다.

한편, 미친 듯이 달려드는 김훈의 모습을 가만히 지켜보던
강민허가 가볍게 어깨를 으쓱였다.

"어때. 내 말이 맞지?"

그런 강민허를 어이없다는 듯이 바라보던 성진성이 딱 한마

디 던졌다.

"…무서운 놈."

나 홀로 달려드는 김훈은 적들에게 큰 압박감을 선사해 주지 못했다.

이미 민허와 1 대 1 대결에서 패한 경력이 있지 않은가.

게다가 팀플레이를 무시한 채 달려드는 김훈은 EAS 팀 입장에선 보기 좋은 먹잇감에 불과했다.

"형들, 어떻게 할지 굳이 말 안 해도 알겠지?"

"모를 리가 없잖아."

성진성의 캐릭터가 가장 먼저 앞서 나갔다.

투핸드소드의 육중한 공격을 그대로 방패를 들어 막았다.

쿠우웅!

거친 전사들의 맞대결!

물러섬 없는 정면 대결이 펼쳐지자, 관중석에서 환호성이 터져 나왔다.

관객들은 시간만 질질 끄는 지루한 경기보다 이렇게 시작하자마자 앞뒤 가릴 거 없이 맞붙는 화끈한 경기를 원했다.

물론 세인트 엔젤스 입장에선 의도치 않은 장면이었지만 말이다.

무대 뒤에서 경기 화면을 지켜보던 세인트 엔젤스 코치진들이 고개를 절레절레 흔들었다.

"훈이 저 녀석이 또……."

"저러니까 R 리그로 못 올라가는 거지."

실력은 있었지만, 워낙 다혈질이었기에 가끔 이런 큰 실수를 범할 때가 있었다.

그러나 세인트 엔젤스를 도맡고 있는 이성진 감독은 이미 알아차렸다.

김훈의 성격을 금세 파악하고 살살 건드려 대열을 무너뜨리게 만든 장본인이 바로 강민허라는 사실을.

"괴물 같은 신인을 데려왔군, 허 감독."

아직 경기는 끝나지 않았다.

하나 이성진 감독은 이미 결과를 알고 있었다.

＊　　　＊　　　＊

성진성이 김훈의 돌진을 막아섰을 때, 옆으로 빠르게 돌아간 민허가 스킬 시전 자세에 들어갔다.

"어느새……!"

김훈의 입에서 외마디 비명이 튀어나왔다. 무작정 달려들다 보니 시야가 좁아진 탓에 강민허의 접근을 무방비로 허용하고 만 것이었다.

뒤늦게 방어 자세를 취하기 위해 물러서려 했지만, 성진성과 한보석이 그것을 가만히 놔두지 않았다.

"우리가 호구로 보이나 본데."

"이 팀에는 민허만 있는 게 아니라고!"

빠른 캐스팅을 앞세운 한보석의 버프 파도. 바통을 이어받은 성진성의 롱소드, 가르시아의 신념이 정확하게 사선을 그었다.

스으윽!

공기조차 벨 만큼 날카로운 일격이 무방비 상태가 된 김훈에게 정확히 꽂혔다.

"크윽……!"

매섭게 하강하는 HP 수치. 마무리를 짓기 위한 강민허의 추가타가 이어졌다.

"승룡권!"

물론 정식 스킬 명칭은 아니었다. 라울의 기술 중 하나였던 어퍼류의 공격이었으나, 민허가 흥이 오른 나머지 트라이얼 파이트 7 시절의 기술명을 외친 것이었다.

얼마 남지 않은 HP마저 강민허에게 기습 공격을 허용하며 결국 끝을 맞이했다.

"김훈 선수, 아웃당했습니다!"

"경기가 시작된 지 채 1분도 안 돼서 나온 첫 아웃이군요!"

"아마 이번 A 리그 최단 기록이 아닐까 싶습니다!"

흥분한 해설진들이 마이크를 추켜들고 목소리를 높였다.

한편, 모니터가 회색으로 물든 걸 확인한 김훈이 주먹을 움켜쥐었다.

"씨발, 뭐 이런 개 같은 경우가⋯⋯!"

마음 같아선 더 욕설을 내뱉고 싶었지만 아직 경기가 끝난 건 아니었다. 장수화와 오태준이 남아 있었다.

물론 3 대 2의 대결 구도는 힘들 수밖에 없었다. 그러나 역전의 상황은 언제든 나올 수 있는 법. 실제로 A 리그와 R 리그에도 몇 번의 전례가 있었다.

두 선배들이 좀 더 힘을 내주기를! 그렇게 기원하는 수밖에 없었다.

그러나 이미 기세는 ESA쪽으로 기울었다.

가볍게 손목을 푼 강민허가 팀원들을 바라봤다.

"마무리하러 가자, 형들."

이 유리함을 그대로 가져가기 위해서라도 ESA가 먼저 선공을 가해야 했다. 대처할 시간을 줬다간 역전당할 우려가 있기 때문이었다.

상대는 마법사 둘. 장수화와 오태준이 침을 꿀꺽 삼켰다.

공격과 방어 마법을 동시에 캐스팅했다. 그러나 마치 이때를 기다렸다는 듯이 성진성의 캐릭터가 이질적인 움직임을 선보였다.

"안티 매직!"

"……!"

성진성의 전사 캐릭터가 지니고 있는 마법 중 하나.

안티 매직. 다시 말해서 일정 범위 내에 위치한 캐릭터들의 모든 마법 스킬을 무효화시키는 기술이었다.

오로지 마법사라는 클래스 하나만을 겨냥하기 위해 배워 둔 필살의 스킬이었다.

두 마법사 체제를 운영하는 세인트 엔젤스 2군 팀에게 있어선 최악의 상성을 자랑했다.

하나 단점이 있다.

적 팀 캐릭터들이 마법을 쓰지 못하게 하는 것뿐만이 아니라 아군에게도 이런 효과가 통용된다.

다시 말해서 한보석과 성진성, 그리고 강민허도 마법 스킬을 못 쓴다는 뜻이었다.

그러나 그게 무슨 상관이랴.

이쪽은 전사, 격투가 클래스만 두 명이다.

버프와 원거리 공격을 담당하는 한보석은 둘째 치더라도 강민허와 성진성은 안티 매직에 큰 타격을 받지 않았다.

어차피 이들은 체술 위주로 캐릭터를 육성시켰으니까.

마법을 사용하지 못하는 마법사 따윈 이들의 밥에 불과

했다.

"이런 수를 숨기고 있을 줄이야!"

"어, 어쩌죠?! 선배님!"

"어떻게 하긴 뭘 어떻게 해! 남은 건……."

마지막까지 발버둥치는 수밖에.

그러나 장수화도 잘 알고 있었다.

이번 경기는 이들이 가져갈 수 없다는 사실을.

＊　　　＊　　　＊

거센 저항을 펼치던 마지막 멤버, 장수화까지 아웃 선언을 당했을 때였다.

경기 결과에 흥분한 탓일까. 민영전 캐스터가 목청을 잔뜩 높였다.

"GG!! 세인트 엔젤스, 결국 전원이 다 아웃당하고 말았습니다!!"

"ESA, 참으로 놀랍네요! 2군이라곤 하나, 이레이저 나인과 세인트 엔젤스를 연달아 잡아내다니."

"게다가 2 대 0 셧아웃 아닙니까?! 어떻게 보십니까!"

"글쎄요. 정확한 건 나중에 리플레이 영상을 보면서 분석을 해봐야겠지만, 한 가지 확실한 건 강민허 선수였나요? 쪼렙…

어흠, 죄송합니다. 저렙 선수가 하드 캐리했다는 건 분명하네요."

해설진조차도 강민허의 활약을 인정했다.

물론 업계 관계자들 역시 강민허의 플레이를 매우 인상적으로 볼 수밖에 없었다.

소위 말해서 쪼렙 캐릭터로 오프 경기를 종횡무진 누비며 활약하는 선수는 강민허밖에 없었다.

벌써 두 번째 승자 인터뷰를 치르기 위해 무대로 올라온 ESA 팀.

성진성과 한보석은 여전히 긴장된 표정을 감출 수 없었다.

반면, 강민허는 여유로운 표정으로 일관했다.

이화영도 강민허가 비교적 쇼맨십이 있는 선수임을 일찌감치 알고 있었기에 인터뷰 비중도 그를 위주로 삼았다.

"강민허 선수! 오늘도 또 이겼어요. 축하드려요!"

"감사합니다."

"오늘의 승리 비결은 어디에 있다고 생각하세요?"

"그냥 저희가 잘해서 이긴 거죠."

자신감 넘치는 강민허의 멘트에 관중들이 '오~' 하는 소리를 자아냈다.

반론을 가하고 싶어도 그럴 수도 없는 것이, 강민허의 말이 사실이기 때문이었다.

그냥 ESA 팀이 잘했다. 그것 말고는 딱히 뭐라 설명할 방법이 없었다.

"승부의 갈림길이었다고 생각되는 부분이 있었나요?"

화영의 두 번째 질문. 이 물음이 나올 줄 알았다는 듯이 강민허가 곧장 입을 열었다.

"첫 번째 경기에서 김훈 선수와 1 대 1 대결을 펼쳤을 때요. 김훈 선수를 아웃시켰을 당시에 '아, 이 경기는 이기겠구나' 하는 생각이 들더라고요."

"1인분만 하면 이긴다는 전략이었나요?"

"뭐, 그런 셈이죠."

"잘 들었습니다. 다시 한번 축하드리고요, 지금까지 ESA 선수들의 승자 인터뷰였습니다!"

이화영의 멘트에 따라 관중들이 재차 박수갈채를 보내왔다.

승자 인터뷰가 끝나자 민영전 캐스터와 하태영 해설이 무대 중앙으로 나와 클로징 멘트를 시작했다.

그러는 동안 화영이 무대 아래로 내려왔다. 마이크를 내려놓는 도중에 안경 쓴 중년 남성이 그녀에게 다가왔다.

"어떤 거 같아?"

"뭐가요?"

"저 선수. 강민허라고 했나?"

"강민허 선수요? 음… 괜찮던데요? 말솜씨도 있고요. 신인 선수라면 무대 위에서 막 당황하거나 그러잖아요. 근데 강민허 선수는 그런 기미가 전혀 안 보이더라고요. 덕분에 인터뷰 편하게 진행한 거 같아요."

화영이 옅은 미소를 담아 자신의 생각을 들려줬다.

그러는 동안, 중년 남성이 안경을 추켜올리며 ESA 팀 부스 쪽을 응시했다.

"강민허라. 스타성도 있고, 대범하기도 하고. 괜찮을 거 같은데."

"네? 뭐가요?"

"아니, 그냥 혼잣말이야. 잊어."

중년 남자… 아니, 로인 이스 온라인 A 리그를 책임지는 김영한 PD가 손사래를 쳤다.

그러나 그의 눈은 한없이 날카로웠다.

*   *   *

거침없는 ESA 팀의 행보!

이레이저 나인에 세인트 엔젤스까지. 벌써 강팀으로 분류되는 두 팀을 연달아 격파해 냈다.

게다가 스코어도 둘 다 2 대 0이었다.

이 정도라면 우연이라는 말로 치부하기엔 다소 무리가 있어 보였다.

"주장."

레이드 파티를 모집하기 위해 대기 중이던 도백필이 자신을 부르는 소리에 응답했다.

"어, 왜?"

"어제 경기, 보셨어요?"

"A 리그?"

"네."

"보긴 봤지. 강민허 선수가 또 나한테 도발하나 안 하나 궁금해서."

"하하하, 그래요?"

물론 거짓이었다.

어차피 도백필은 로인 이스 온라인 관련 경기라면 국내, 해외 경기를 망라하고 거의 다 봐두는 습관을 지니고 있었다.

A 리그라 해도 별반 다를 바 없었다.

"요즘 그 녀석, 기세가 장난이 아니던데요."

"그럴 수밖에 없지."

강민허의 성장은 눈에 띨 정도였다.

이레이저 나인전에서도 우수한 면모를 보여준 그. 하나 어제는 그때보다 더 뛰어난 기량을 선보였다.

"나중에 주장이 강민허 선수, 직접 때려눕혀 주세요. 기어 오르지 못하게요."

"글쎄, 그 이전에 문제가 하나 있잖아."

"뭔데요?"

"R 리그하고 개인 리그에 올라올 수 있느냐, 없느냐."

"아하."

도백필과 맞붙고 싶다면, 우선 R 리그로 올라와야 한다.

그것이 강민허에게 떨어진 선행 과제였다.

*   *   *

한창 연습에 몰두하던 강민허에게 불현듯 허태균 감독으로부터 호출이 떨어졌다.

불린 이유에 대해선 정확히 들은 바가 없었다.

그저 감독님에게 직접 들어보라는 식의 대답만이 돌아올 뿐이었다.

'뭐지. 설마 벌써 R 리그로 보내주려고 하나?'

A 리그가 끝나면 뒤이어 R 리그가 개최된다.

강민허의 활약을 인정한 허태균 감독이 그를 R 리그로 출전시켜 준다고 한다면 거절할 이유가 없었다.

어디까지나 메인은 1군 리그. 다시 말해서 R 리그였으니까.

잔뜩 부푼 기대감을 가지며 허태균 감독 사무실의 문을 노크했다.

"강민허입니다."

"들어와."

"예."

　안으로 들어서자, 허태균 감독 말고 다른 손님이 먼저 자리를 잡고 있었다.

　'누구지?'

　처음 보는 얼굴이었다.

　뿔테 안경을 쓴 중년의 남성. 보아하니 업계 관계자가 아닐까 싶었지만, 정확하게 누구인지까진 몰랐다.

"앉아라."

　허태균 감독의 지시에 따라 소파에 앉은 강민허.

　본의 아니게 중년 남자와 마주 보는 형태가 되었다.

"민허야."

"예, 감독님."

"무대 위에서 긴장 잘 안 하지?"

"그렇죠."

"카메라 앞에서도?"

"네."

"그럼 말이다."

잠시 말을 끊은 허태균 감독이 놀라운 발언을 들려줬다.

"너, 혹시 방송에 출연해 볼 생각 없냐?"

"방송이요?"

뜬금없는 제의가 들어왔다.

순간 민허가 귀를 의심했지만, 허태균 감독은 진심인 듯했다.

"그러고 보니 아직 소개도 안 했구나. 여기 계신 분은……."

"김영한 PD라고 합니다. A 리그 연출을 담당하고 있죠."

영한이 스스로 자신을 소개했다.

건네받은 명함을 하염없이 내려다보던 민허에게 김 PD가 자초지종을 들려주기 시작했다.

"최근 강민허 선수에 대한 팬심이 급등하고 있는 거 같아서요. 제가 담당하는 프로그램에 게스트로 출연을 부탁드리고 싶어 이렇게 숙소까지 찾아오게 되었습니다."

"무슨 프로그램인데요?"

"'리오 초보 성장기'라는 프로그램입니다. 보신 적은 있나요?"

"아, 그거군요."

민허가 아는 척을 했다.

대한민국에서 가장 높은 시청률을 보유하고 있는 TGP 게임 채널. 그곳에서 방송하고 있는 프로그램 중 하나였다.

소위 말해서 예능과 게임을 결합한 프로그램이다.

진행은 승자 인터뷰를 담당하고 있는 이화영 아나운서가 맡고 있었다.

모델 뺨치는 외모와 몸매, 게다가 화술 능력까지 좋은 터라 평판도 좋았다. 덕분에 TGP 예능 중에서도 상위권 시청률을 자랑하고 있었다.

그곳에 게스트로 출연 제의를 받게 될 줄이야.

보통 2군 선수들은 프로그램 섭외 제안도 거의 받지 못했다. 그러나 강민허의 경우는 남달랐다.

김영한 PD가 직접 찾아와 2군 선수에게 출연 제의를 한 건 이번이 처음이었다. 그만큼 강민허가 특별 대우를 받는다는 걸 뜻했다.

하나 방송 출연은 강민허조차도 미처 예상 못 한 일이었다.

이럴 때에는 제3자에게 자문을 구하는 것도 나쁘지 않은 행동이었다.

"감독님은 어떻게 생각하시나요?"

"내 입장에선 물론 좋지. 우리 팀원이 방송에 자주 노출되는 건 팀 홍보에도 많은 도움이 되니까."

옳은 말이었다. 방송 출연 빈도와 인지도는 대게 비례 관계를 취했다.

게다가 ESA 선수 중에서 방송에 자주 얼굴을 비추는 선수는 없었다. 이번 기회에 강민허를 그쪽 방면으로도 활용할 수 있지 않을까 싶은 게 허태균 감독의 생각이었다.

팬을 늘린다. 그건 강민허가 생각하는 앞으로의 프로게이머 방향성과 맞물리는 일이기도 했다.

그러나 방송 출연은 양날의 검이었다.

괜히 나가서 안티팬만 늘리는 경우도 있으니까.

그래도 도전할 만한 가치는 충분했다.

"알겠습니다. 나갈게요."

"오! 빠른 결정, 감사합니다. 혹시 예습 같은 게 해보고 싶다면 오늘 저녁에 촬영 있으니 한 번 견학 오셔도 됩니다."

"네, 알겠습니다."

그렇게 결정된 방송 출연 기회.

이것이 과연 민허에게 얼마만큼 많은 영향을 줄지에 대해선 본인조차 알 길이 없었다.

*   *   *

나선형 코치와 함께 찾은 TGP 방송국.

민허가 생각했던 것보다 상당히 큰 건물 규모였다.

"돈 많이 버나 보네요, TGP."

"글쎄다. 리오 때문에 시청률이 많이 올랐다는 말은 듣긴 했는데, 속사정은 관계자들만 알겠지."

방송국 관계자가 아닌 이상 나선형 코치도 자세한 사정은 알지 못했다.

입구 쪽을 통과할 때, 민허의 스마트폰이 우웅 소리를 내며 진동했다.

액정 화면을 바라보는 민허에게 선형이 관심을 보였다.

"전화냐?"

"아니요. 문자예요."

"여자 친구냐?"

"불행하게도 솔로입니다. 보석이 형한테 온 거예요. 파티 사냥 가야 하니까 저녁 먹기 전까지 오라고요."

"사냥이라. 그것도 중요하지."

MMORPG에선 아이템 파밍도 빼놓을 수 없는 중요한 요소다. 게다가 아직 제대로 장비를 갖추지 못한 민허였기에 몹 사냥은 반드시 필요했다.

쪼렙이라 하더라도 민허의 존재감은 레이드에서도 빛을 봤다. 블랙 크랩을 쓰러뜨리고 얻은 아칸의 벨트 덕분에 웬만한 몬스터 공격은 전부 다 카운터로 쳐낼 수 있게 되었다.

몬스터 어그로 끌기와 동시에 방어, 딜도 넣을 수 있는 최강의 탱커가 된 강민허. 처음에는 그를 아니꼽게 봤던 예나도 이제는 민허의 가치를 인정할 수밖에 없었다.

스튜디오로 접어들자, 근처에서 대본을 리딩하고 있던 화영이 민허와 선형을 발견했다.

"어머, 강민허 선수 아니세요?"

"여기서 뵙게 되니 신선하네요."

"그러게요. 아, PD님한테 들었어요. 다음 주에 게스트로 나오신다면서요?"

"네. 오늘은 그것 때문에 사전 견학하러 온 겁니다."

"아하, 그렇구나. 준비가 철저하시네요. 역시 프로게이머다워요."

"하하, 감사합니다."

철저하다기보다는 그저 방송 쪽에 호기심이 생겨서 온 것뿐이었다.

대회 이외의 방송 프로그램은 어떤 식으로 진행될까. 그건 로인 이스 온라인 게이머가 되기 이전부터. 그러니까 격투 게이머로 활약할 때부터 궁금했었다.

화영과 이런저런 대화를 나누는 사이에 김 PD가 뒤늦게 모습을 드러냈다.

"오셨군요! 연락이라도 주시지 그랬습니까."

"바쁘실 거 같아서요. 일부러 연락은 자제했습니다. 그보다 저희는 어디로 가면 되나요?"

선형의 물음에 김 PD가 슬쩍 스태프에게 눈치를 줬다.

그러자 스태프 몇몇이 간이 의자를 가져왔다.

"이곳에 앉아서 편히 보시면 됩니다."

"감사합니다."

호의를 거절하는 것도 예의는 아니라 생각한 모양인지 선형이 곧장 이들의 친절을 받아들였다.

민허도 마찬가지였다.

관람하기 좋은 자리를 차지한 두 사람. 이윽고 스튜디오로 들어선 이화영이 마지막에 마지막까지 대본을 체크했다.

그때, 대기실에서 또 한 명의 선수가 모습을 드러냈다.

그를 보자마자 강민허의 얼굴이 살짝 굳었다.

오늘 리오 초보 성장기에 출연할 게스트.

도백필의 등장이었다.

*   *   *

도백필은 높은 주가를 자랑하는 프로게이머 중 한 명이었다. 국내뿐만 아니라 해외에서도 많은 팬을 거느리고 있는 선수답게 방송 출연 횟수 역시 생각보다 많았다.

촬영 장소에 모습을 드러낸 도백필. 그의 시선이 강민허에게 머물렀다.

"어라, 익숙한 얼굴이 보이네요."

"3주 만이네요. 그간 잘 지내셨죠?"

도백필과의 만남에 강민허가 주눅 들 거라 생각했다면 큰 오산이었다.

오히려 그가 먼저 반가움을 드러냈다.

하기야 이 정도 배포가 있으니 면전 앞에서 대놓고 도발을 할 수 있던 게 아닐까.

도백필 역시 강민허의 손을 마주 잡아 악수를 받아줬다.

"너무 잘 지내서 탈이었습니다. 이게 다 강민허 선수 덕분이죠. 본의 아니게 여기저기서 인터뷰 요청이 막 들어오더라고요. 혹시 강민허 선수와 친분 있냐는 식으로 말이죠."

"그렇군요. 역시 인기 있는 선수는 다르네요."

면전 도발 사건 때와는 다르게 지금의 두 선수는 너무나도 차분한 대화를 나누고 있었다.

이런 두 사람과 반대로 오히려 주변인들이 바짝 긴장했다.

사실 민허와 백필은 좋은 관계를 유지하고 있다고 보기에는 무리가 있었다.

직설적으로 말하자면 오히려 앙숙이라고 보는 게 옳았다.

그럼에도 불구하고 서로의 안부를 묻다니. 극한의 포커페이스를 보여주는 두 선수 덕분에 촬영장이 본의 아니게 얼어붙었다.

그 흐름을 끊은 건 도백필과 함께 촬영장을 방문한 이레이저 나인의 감독, 구민창이었다.

"슬슬 방송 시작한다니까 그만 가자."

"예, 감독님."

그도 오늘 방송에 게스트로 출연할 예정이었기에 이곳으로 오게 되었다.

선수와 감독의 공동 출연은 생각보다 자주 있는 일이기도 했다.

특히나 이들은 국내뿐만 아니라 해외에서도 유명한 프로 구단의 주장과 감독 아닌가. 출연 섭외가 잦은 건 당연한 일이었다,

"그럼 다음에 또 봅시다."

백필이 먼저 작별 인사를 건넸다.

그 후, 민허가 빙그레 미소 지었다.

"다음에는 R 리그에서 보죠."

"R 리그라. 무대에 설 수는 있습니까? 지금 A 리그에 있잖아요."

"이번 리그 끝나고 그다음에 바로 R 리그로 갈 겁니다."

"그 말이 허세로 끝나지 않기를 기원하겠습니다."

최고의 선수와 이제 막 데뷔한 신인의 만남은 그렇게까지 정다운 분위기가 아니었다.

        ＊   ＊   ＊

리오 초보 성장기는 녹화 촬영이 아닌 생방송으로 방송이 송출되는 체계였다.

도백필과 구민창 감독은 워낙 방송 출연 경험이 많다 보니 생방송이라 하더라도 어렵지 않게 대처할 수 있었다.

게임 실력에 강한 자부심을 품고 있는 민허도 그들의 방송 자세는 충분히 보고 배울 만했다.

이윽고 일주일이 지난 이후. 드디어 민허의 출연 일자가 다가왔다.

"민허야, 슬슬 준비해라."

"예, 코치님."

헤드셋 너머로 나선형 코치의 말이 들린 걸까. 던전 파티 멤버인 서예나가 말을 걸어왔다.

—방송 나간다는 거, 진짜였나 보네.

"뭐, 그렇지."

처음 만났을 때부터 지금까지 계속 파티 멤버로 활동해 왔기에 서로 말을 놓는 단계까지 이르게 되었다.

민허의 방송 출연 소식은 이미 기사를 통해 노출되었다. 리오 초보 성장기는 본래 출연할 게스트를 하루에서 이틀 정도 먼저 발표하곤 했다. 게스트 자체가 프로그램 홍보 수단이 되기 때문이었다.

도백필이 출연했을 때. 그러니까 저번 주 방송이 프로그램 편성 이후 역대급 시청률을 기록했다. 그의 진면목을 다시금 확인할 수 있었다.

그에 비해 민허는 백필에 비하자면 인지도가 조금 떨어질지 모른다. 하나 최근 가장 화두가 되고 있는 선수답게 R 리그에서 뛰고 있는 프로게이머 못지않은 관심을 받고 있었다.

─가서 방송 잘하고 와. 심심하면 나도 참여할 테니까.

"하하, 그래. 기대할게."

시청자 참여를 노리겠다는 선언을 대놓고 들려주는 예나. 그녀의 당돌함에 민허는 그저 너털웃음을 터뜨릴 뿐이었다.

대충 짐을 챙겨 들고 나선형 코치와 함께 숙소 바깥을 나섰다. 게임이 아닌 방송 프로그램 출연이었기에 나서는 인물은 단 두 명뿐. 선형이 민허의 매니저 역할을 대신 자처하고 나섰다.

차를 타고 TGP 방송국으로 이동한 이들. 이윽고 한 번 왔었던 스튜디오에 모습을 드러내자 김 PD가 두 사람을 반갑게 맞이했다.

"방송 곧 시작할 테니까 메이크업받고 오세요."

"대본 같은 건 미리 안 받아 봐도 되나요?"

"조금 있다가 드릴 겁니다. 그래봤자 강 선수가 딱히 외울

건 없고요. 그냥 이러이러한 코너가 있고, 어떤 식으로 진행된다는 것만 알아두시면 됩니다. 나머지는 화영이 알아서 해줄 거예요."

"네, 알겠습니다."

대기실에서 메이크업을 받은 후에 다시 스튜디오에 올랐다.

미리 자리를 잡고 있던 이화영이 빙그레 웃으며 그에게 다가왔다.

"오늘 하루, 잘 부탁드려요."

"저야말로요."

이화영의 미모는 스튜디오 안이나 밖이나 여전히 빛을 뿜냈다.

말이 아나운서지 누가 보면 걸 그룹 멤버가 아닐까 하고 착각할 정도였다.

물론 포지션은 비주얼 담당으로.

'저런 여자 친구 있으면 어깨에 절로 힘 들어가겠네.'

평생 솔로였던 강민허에게는 꽤나 높은 목표가 아닐까 싶었다.

그러는 동안 스태프들이 바삐 움직이기 시작했다.

머지않아 방송이 시작됨을 알리듯 김 PD의 목소리가 더욱 커졌다.

"1분 전이니까 다들 정신 바짝 차리고!"

"예!"

무대 위의 조명 장치가 강하게 빛을 발현했다.

이윽고 조명 빛에 지지 않을 만큼 환한 미소를 지어 보이는 화영의 입에서 방송 시작 멘트가 들려왔다.

"더 이상 고통받는 초보 게이머 인생은 그만! 리오 초보 성장기! 안녕하세요, 진행을 맡은 이화영입니다."

게임 대회를 제외한 강민허의 첫 방송 출연이 드디어 막을 열었다.

『재능 넘치는 게이머』 2권에 계속…